Christian Uecker

Stille Nacht

Christian Uecker

STILLE NACHT

Kriminalroman

Friedrich Wittig Verlag

Christian Uecker: geb. 1956 in Rostock, 1960 Flucht mit den Eltern nach West-Berlin, aufgewachsen in Neumünster. Seit 1987 Pastor für Klein Wesenberg und Hamberge bei Lübeck. Bisher vier »*K*irchen*K*rimis«:

Wenn der Tod tanzt	*(6. Aufl. 1995, ISBN 3-87503-058-3)*
Wer einmal brennt	*(2. Aufl. 1995, ISBN 3-87503-064-8)*
Gut-Besser-Tot	*(1995, ISBN 3-87503-065-6)*
Wer flucht für alle Ewigkeit	*(1996, ISBN 3-8048-4436-7)*

2. Auflage 2000

Die Deutsche Bibliothek – CIP-Einheitsaufnahme
Uecker, Christian: Stille Nacht : Kriminalroman /
von Christian Uecker. – Kiel : Wittig, 1999

ISBN 3-8048-4456-1

Druck: Clausen & Bosse, Leck

21. DEZEMBER, MONTAG

I.

“Ich wollte nie, daß du geboren wirst.”
Der Satz zischte leise aus dem zahnlosen Mund. Alle Gehässigkeit, zu der sie fähig war, war in diesem Satz der alten Frau zu finden. Die Tochter, auf einem Stuhl daneben, krampfte sich zusammen. Und daneben, auf einem weiteren Stuhl, der Pastor, Frank Falke, Seelsorger dieser Gemeinde. Und er hatte geschwiegen.
Das war heute vormittag gewesen. Jetzt war es später Nachmittag, er saß an seinem Schreibtisch im Arbeitszimmer, probierte vergeblich, die Predigt für den Heiligabend zu schreiben. Aber immer wieder wanderten seine Gedanken zum Vormittag zurück.
Er seufzte, versuchte sich erneut auf die Predigt zu konzentrieren, fing an sich zu ärgern, feuerte seinen Federhalter auf den Schreibtisch, knüllte das Papier zusammen, warf es in den Papierkorb und erhob sich, begann im Zimmer auf und ab zu laufen. Da lagen sie, die Predigten für den ersten Weihnachtsfeiertag, für den zweiten, für die Mitternachtsmette am Heiligen Abend und die für den Sonntag nach Weihnachten. Und nun sollte noch die Predigt für den Nachmittagsgottesdienst am Heiligen Abend folgen. Aber der Kopf wollte nicht. Statt dessen die Bilder vom Vormittag.
Die älteste Einwohnerin von Süderwies war sie, 98 Jahre alt und wahrscheinlich die älteste Einwohnerin der ganzen Gemeinde überhaupt. Zahnlos, unfähig zu kauen oder allein zu essen, von der Fütterung durch die Tochter abhängig, an den Rollstuhl gefesselt und fast erblindet, es war in diesem Fall wahrlich keine Gnade, so alt zu werden. Und die alte Frau wartete auf den Tod, haderte mit dem Leben und mit der Tochter, die sie durch ihre Fürsorge am Sterben hinderte. “Das stimmt”,

hatte die Tochter leise auf die böse Bemerkung der Mutter geantwortet, “meine Mutter hatte keine Kinder mehr haben wollen.” Und ebenso wie das Schicksal der alten Frau beschäftigte ihn das Schicksal der Tochter. Seit fast zehn Jahren hatte sie es nicht mehr gewagt, das Haus für länger als ein, zwei Stunden zu verlassen, da ihre Mutter keine andere Pflege akzeptierte. Vor zwei Jahren hatten Tochter und Schwiegersohn einmal versucht, für eine Woche zu verreisen und die Mutter in Kurzzeitpflege zu geben, ein Versuch, den sie schon vor der Abfahrt abgebrochen hatten. Und dann solch ein Satz: “Ich wollte nie, daß du geboren wirst.”

Heute nun hatte die alte Frau Geburtstag gehabt, und er, der Pastor, war gekommen, um zum Geburtstag zu gratulieren. “Das nächste Mal bin ich nicht mehr da”, hatte die Alte hoffnungsvoll gesagt, und: “Was wollen Sie hier?”

Frank Falke beendete seine nervöse Wanderung durch das Arbeitszimmer, setzte sich wieder. Er mußte loslassen, an Weihnachten denken, Weihnachten, das kurz bevorstand, in drei Tagen würde Heiligabend sein. Eine andere Mutter, Maria, die auf ihr Kind wartete, eine andere Geburt, eine andere Situation. Er dachte an die volle Kirche, an die Sehnsucht der Menschen nach Geborgenheit, an diesen Wunsch nach Verdrängung, einmal eben nicht die Welt in ihrer Schrecklichkeit wahrzunehmen. Aber ging das überhaupt? Frank Falke schaute auf die Bibel. Der Predigttext war schwierig genug, Titusbrief, abstrakt, hölzern, intellektuell, kaum zu verstehen beim ersten Lesen, geschweige denn beim ersten Hören. *Denn es ist erschienen die heilsame Gnade Gottes allen Menschen und nimmt uns in Zucht, daß wir absagen dem ungöttlichen Wesen und den weltlichen Begierden und besonnen, gerecht und fromm in dieser Welt leben und warten auf die selige Hoffnung und Erscheinung der Herrlichkeit ...* So ging es weiter. Wie sollte man das predigen? Er stand wieder auf, setzte sich erneut in Bewegung, marschierte zum Fenster, zurück zum Schreibtisch, wieder zum

Fenster. Draußen war es dunkel geworden, es schneite. Drei Tage vor Weihnachten, das war die dunkelste Zeit des Jahres. Überhaupt, er bezweifelte, daß die Menschen am Heiligen Abend in die Kirche kamen, um eine Predigt zu hören. Er hatte eine Idee für die Predigt gehabt, ein Mordfall aus Kiel, der in diesen Tagen die Medien beschäftigte. Ein junges Mädchen hatte ihren Vater mit bestialischen Methoden umgebracht. Aber konnte man so eine Weihnachtspredigt anfangen? Die Idee war gewesen, die Gemeinde zuerst mit der Brutalität der Welt zu konfrontieren, um dann auf das fromme, gerechte Leben zu sprechen zu kommen, das der Predigttext propagierte. Aber Weihnachten ... da ging es um Gefühl, um Stimmung und solcherlei Dinge. Die Frage nach dem frommen, gerechten Leben beschäftigte wohl kaum jemanden. Doch ...

Falke hielt inne, seufzte, nahm ein neues Blatt Papier, setzte sich wieder. An und für sich predigte er gern. Leider aber waren oft genug die Predigten an Heiligabend seine schlechtesten. Es waren einfach zu viele, die hintereinander weg zu schreiben waren. Ein Kollege hatte einmal erklärt, er würde seine Weihnachtspredigten in den Sommerferien schreiben, wenn Zeit und Ruhe dafür wären. Aber das erschien ihm absurd, bei schönstem Wetter unterm Birnbaum im Garten zu sitzen und an Weihnachten zu denken. Er seufzte noch einmal, knurrte vor sich hin. Also auf ein neues! Das Telefon klingelte.

"Gehst du ran?" ertönte Annettes Stimme aus ihrer Werkstatt.

Frank Falke stand auf. Normalerweise hielt Annette alle Anrufe von ihm fern, wenn er am Predigtschreiben war. Heute aber hatte sie sich in ihrer Werkstatt eingeigelt. Annette war freischaffende Künstlerin, Töpferin, doch er bezweifelte, daß sie im Augenblick dieser Arbeit nachging. Wahrscheinlich bastelte sie an irgendeinem Weihnachtsgeschenk für ihn.

Frank Falke eilte ans Telefon.

"Frank Falke." Er bemühte sich, seine Stimme freundlich klingen zu lassen.

"Schabowsky", meldete sich am anderen Ende der Leitung eine jüngere Frauenstimme. "Herr Pastor, wann ist am Heiligabend Gottesdienst in der Kirche?"
"Um halb vier."
So war das immer kurz vor Weihnachten. Urplötzlich entdeckten die Menschen ihr Interesse am Gottesdienst. Im Prinzip freute sich Frank Falke darüber - nur diese Anrufe waren ausgesprochen lästig.
Die Anruferin bedankte sich für die Auskunft. Frank Falke legte den Hörer auf, überlegte einen Moment, ging hinunter ins Wohnzimmer. Es hatte keinen Sinn, weiter besinnungslos am Schreibtisch zu sitzen. Seit eineinhalb Stunden versuchte er nun, einen vernünftigen Gedanken zu fassen. Er schaltete den Fernseher ein, am Gerät - Annette verzichtete leider Gottes aus Energiespargründen immer auf die Standby-Schaltung - und griff sich die Fernbedienung, um sich durch die Programme zu "zappen". Ein wenig Abwechslung würde ihm gut tun. Auf einem der Privatsender lief ein Krimi.
Frank Falke ließ sich im Sessel nieder. Einmal hatte er eine Predigt während eines Dracula-Films geschrieben. Es war nicht einmal seine schlechteste geworden. Aber das war lange her, war noch während der Vikariatszeit gewesen. Er lehnte sich zurück und begann sich zu entspannen. Soeben schlich ein Mörder über den Bildschirm, näherte sich seinem ahnungslosen Opfer. Der Mann hatte sichtliches Vergnügen an seinem Tun. Er hielt ein großes Messer in der Hand. Jetzt hatte er sein Opfer erreicht, stieß mit dem Messer zu, das Blut spritzte filmgerecht, dann der Blick auf das höhnische Gesicht des Täters. "Lebe wohl, Bruderherz!" raunte der Fernsehkiller.
Frank Falkes Gedanken wanderten wieder zu seiner Predigt. Das rechte Tun, nun, seine Gemeindemitglieder waren keine Mörder. Aber dennoch, steckte nicht in jedem Menschen der Wille, sich notfalls auf Kosten des anderen zu behaupten. Eine alte Frau, die ihre Tochter verletzte, weil sei mit dem eigenen

Leben nicht mehr zurechtkam. Eine Tochter, die ihren Vater ermordete. Aber solche Gedanken waren noch keine Predigt. Zu einer Predigt gehörte eine Idee, ein Zugang zum Thema, der überzeugte, etwas, das die Menschen berührte. Graue Theorie und moralische Worte gab es mehr als genug.
Das Programm wurde unterbrochen. Werbung folgte. Eine dieser russischen Puppen wurde gezeigt, eine Babuschka, tausend mütterliche Hüllen. Eine nach der anderen wurde von unsichtbarer Hand entfernt, bis schließlich ... Erneut klingelte das Telefon. Frank Falke murrte, erhob sich, lief die Treppe hinauf zum Apparat.
“Halb vier”, hätte er fast automatisch in den Hörer gesagt, besann sich aber noch eines besseren. Er meldete sich mit seinem Namen.
“Hellmann. Guten Tag, Herr Pastor. Ich bin die Mutter von Jasmin, Ihrer Konfirmandin, Sie erinnern sich doch an mich, und letztes Weihnachten bin ich doch auch in der Kirche gewesen. Also, Herr Pastor, es ist ganz schrecklich, Sie müssen mir helfen, unbedingt, Paul ist wieder da, Jasmins Vater, Sie wissen doch, und Sie müssen unbedingt kommen, jetzt gleich, und ...”
Fünf Minuten später saß er im Auto, war unterwegs, um zu helfen. Immer noch schneite es. Vielleicht würden sie in diesem Jahr endlich einmal weiße Weihnachten bekommen, anstatt des grautrüben Wetters, das hier im Norden so üblich war. Frank Falke steuerte den Wagen den Kirchberg hinunter, bog auf die Hauptstraße ein. Im Grunde genommen war er dankbar für die Abwechslung, die ihn von seinem Predigtschreiben abhielt. Er versuchte sich zu erinnern, was er von der Familie Haßloch wußte. Teresa Hellmann war eine geborene Haßloch, Jasmin, seine Konfirmandin, war jedoch nicht die Tochter von Teresa Hellmann, sondern angenommen. Seit Teresas Ehemann verstorben war, war sie mit Jasmin zusammen auf den Haßlochschen Hof zurückgezogen. Dort lebten ihr Bruder, Otto hieß er, soweit er sich erinnerte, und die Mutter der beiden, eine alte, re-

solute Frau, die er von den Geburtstagsfeiern her kannte. Aber damit waren seine Kenntnisse auch erschöpft. Nun war allem Anschein nach der Vater von Jasmin aufgetaucht, Teresa Hellmanns aufgeregter Schilderung zufolge ein schrecklicher Bursche - und ihr Bruder. Und er, der Pastor, eilte zu Hilfe. Wahrscheinlich ebenso erfolglos wie heute morgen. Frank Falke zuckte mit den Achseln. Er glaubte nicht, wirklich helfen zu können. Dennoch war es manchmal wichtig, einfach zuzuhören. Und er würde zuhören. Jasmin ... ihr plötzlich aufgetauchter Vater ... ihre Mutter, die nicht ihre Mutter war ... eine alte Frau, die ihre Tochter nie hatte haben wollen ... Kinder und Eltern, das war häufig genug ein dramatisches Thema.
Frank Falke schob die Gedanken beiseite, konzentrierte sich auf das Fahren. Das Schneetreiben nahm zu. Er bog von der Hauptstraße in einen kleinen Feldweg ab. Der Haßlochsche Hof war vor Jahrzehnten ausgesiedelt worden, lag eineinhalb Kilometer vom Ort entfernt in der Feldmark, gehörte dennoch zu Groß Hasenberg Eintopf. Er hatte nie ergründen können, woher dieser Ortsteil von Groß Hasenberg seinen Namen bekommen hatte. Zusammen mit fünf anderen Dörfern bildete er die Kirchengemeinde Klein Hasenberg, deren Mittelpunkt die Trave bildete. Aber gerade Groß Hasenberg Eintopf hatte ihn in letzter viel beschäftigt. In den vergangenen zwei Wochen hatte es hier zwei Beerdigungen gegeben, eine alte Frau und einen vierzigjährigen Mann hatten sie zu Grabe getragen. Eine Bemerkung des Küsters Alfred Langbehn fiel ihm ein: “Der Tod hat sich dort eingenistet, Herr Pastor. Das ist noch nicht zu Ende mit dem Sterben dort.” Frank Falke schüttelte den Kopf. So ein Unsinn.
Das Schneegestöber wurde immer heftiger. Das Fahren nahm jetzt all seine Aufmerksamkeit in Anspruch. Die Fahrbahn des kleinen Feldweges war nicht mehr zu erkennen. Unter den Wolken schob sich ein bleicher Mond hervor.

II.

Der Mond leuchtete durch das Scheunenfenster, warf durch das dreckige Fenster gespenstische Muster auf den Scheunenfußboden des Haßlochschen Hofes.
“Bleib doch noch!”
“Nee, ich muß wieder rüber.” Jasmin sah zu Willi hinunter. Willi lag im Stroh, hatte seinen dürren Körper in eine Wolldecke gehüllt, den ihre Mutter ihm gebracht hatte. Ab und an übernachtete Willi bei ihnen im Stroh, wenn es bei ihm zu Hause mal wieder zu kalt war. Ihre Mutter gab ihm dann immer etwas zu essen und eine Decke, und auch Otto, ihr Onkel, hatte nichts dagegen, solange nur die Oma nichts davon wußte. Dabei war Willi gar kein Landstreicher, nur ein armer Kerl, der nicht einmal Strom in seiner Bude hatte und im Winter manchmal zu ihnen kam. Sie sah mitleidvoll auf Willis zerlumpte Kleidung, schüttelte den Kopf. “Wirklich, Willi, ich muß rüber, wenn Oma was merkt, gibt das tierischen Ärger.”
“Na ja, aber danke, du. Ist die große schwarze Katze eigentlich noch da?”
“Der Mecki?” Jasmins Gesicht verfinsterte sich schlagartig. “Mecki ist tot. Oma hat sie vergiftet. Aber ich habe sie trotzdem gefunden. Und ich habe ihr Mecki auf den Tisch gepackt, mitten beim Mittagessen. Soll sie doch sehen, was sie mit Mecki gemacht hat.”
“Nu erzähl mal nicht ...”
Jasmin zuckte mit den Achseln. “Ist so. Aber jetzt muß ich wirklich.” Sie beugte sich noch einmal zu Willi hinunter, tätschelte seine Schulter. “Mach´s gut. Und kein Feuer, du weißt.”
“Alles klar. Na danke, du.”
Jasmin erhob sich, ging durch die große Scheune, vorbei an den abgestellten Treckern und Geräten auf die Tür zu, die die Scheune mit dem Wohnhaus verband. Willi war schon in Ordnung. Schade, daß Oma etwas gegen ihn hatte. Und wenn

schon, dann hätte sie gegen Paul gefälligst auch etwas haben müssen. Aber Paul war halt Omas Sohn. Und ... Paul war ihr Vater.
Jasmin öffnete leise die Tür, spähte in die Diele hinein. Niemand war zu sehen. Sie huschte hinaus, schloß sorgfältig die Tür, schlich auf Zehenspitzen durch den großen Flur des Bauernhauses. Noch ein paar Schritte bis zur Treppe ...
"Jasmin!" Die herrische Stimme ließ sie zusammenzucken. "Ja?"
"Komm mal her, meine Tochter!" Grinsend stand Paul in der Tür zum Wohnzimmer, den dicken Körper gegen den Türrahmen gelehnt. In der Hand hatte er eine Bierflasche. Ekel stieg in Jasmin auf.
"Ich bin nicht deine Tochter!"
"O doch!" Pauls Gesicht nahm einen verschlagenen Ausdruck an. "Hat dir deine Mutter doch erzählt. Hat sie, oder? Oder besser, deine Tante, Tante Teresa, das kannst du schon mal üben, mein Kleines. Und jetzt komm her, komm zu deinem Vater, wir müssen doch Wiedersehen feiern, wir beide. Komm her!"
"Nein!" Aus dem Wohnzimmer drang das Geräusch von Schüssen. Der Fernseher, dachte Jasmin instinktiv. Dennoch zuckte sie zusammen.
"Nein?" Mit überraschender Behendigkeit machte Paul einen Schritt auf sie zu, packte sie am Arm. "Du hast zu gehorchen, verstehst du, einem Vater gehorcht man."
"Laß mich los, du tust mir weh!"
"Du tust mir weh, du tust mir weh." Paul äffte sie nach, seine Stimme nahm an Lautstärke zu. Angst krampfte sich in Jasmin fest, sie roch den Bier-Atem aus seinem Mund, Zittern überfiel sie, ohne daß sie sich wehren konnte. Pauls Gesicht schob sich dicht an das ihre. "Mir hat man auch weh getan, verstehst du, viele Jahre, fünfzehn, um genau zu sein, fünfzehn Jahre ohne meine Tochter. Aber jetzt bin ich an der Reihe, ich. Und wenn sie dich noch so verhext haben, du bist mein Fleisch und Blut,

du gehörst mir, ich hab dich gezeugt, du weißt ja wohl inzwischen, was das bedeutet? Oder haben sie dir das verschwiegen, mein Püppchen, die liebe Teresa, der liebe Otto und die allerliebste Oma? Was haben sie dir über mich erzählt? Was?"

"Ich ..."

"Du gehörst mir, mir ganz allein. Und jetzt kommst du mit!"

"Paul!" Die Stimme ihrer Mutter. Angst und Entsetzen schwangen in ihr mit. Das Gesicht der Mutter erschien oben am Treppenabsatz. "Laß sie los! Bitte!" An der Haustür klingelte es. Das war die Chance. Jasmin befreite sich aus Pauls Griff, stürmte die Treppe hinauf, vorbei an der Mutter, hinein in ihr Zimmer, warf die Tür hinter sich zu. Noch immer zitternd, suchte den Schlüssel, fand ihn außen an der Tür, holte ihn blitzschnell herein, schloß die Tür ab. "Igitt!" brüllte sie aus Leibeskräften.

Das Zittern ließ nach. Jasmin sank an der Tür zusammen, atmete schwer. Er hatte sie angefaßt, das Schwein, er hatte sie angefaßt. Das würde er büßen müssen. Seit zwei Tagen war Paul hier, aber das hatte er bisher nicht gewagt. Sie erinnerte sich noch gut an den frostigen Empfang für Paul, als er hier angekommen war, an das Getuschel der Erwachsenen die Tage zuvor. Nur Oma schien sich zu freuen, daß Paul da war, sie hatte ihn umarmt und etwas von einem verlorenen Sohn gesagt. Und einen Tag bevor Paul gekommen war, hatte ihre Mutter sie zur Seite genommen und ihr von einem Onkel Paul erzählt, der kommen würde. Jasmin hatte bis dahin nicht gewußt, daß ihre Mutter außer Otto noch einen Bruder hatte. Ihre Mutter hatte sie auf umständliche Weise vor Paul gewarnt, zu Recht, wie sie jetzt zugeben mußte.

Jasmin erhob sich, vergewisserte sich noch einmal, daß die Tür abgeschlossen war. Ihr Atem war jetzt ruhiger. Sie ging zum Schreibtisch, angelte sich die Kassette von "Metallica" aus dem Kassettenständer, begann ihren Walkman zu suchen. Draußen schneite es unentwegt. Sie fand den Walkman, legte sich aufs

Bett, stöpselte sich die Kopfhörer ein. Die Musik begann in ihrem Kopf zu hämmern. Nur weg von hier, weg von dem ganzen Mist. Heute morgen in der Schule hatte der Lehrer sie auch schon so komisch angeguckt. Heute war der letzte Schultag gewesen, die Schule konnte ihr gestohlen bleiben. Und dann das hier! Am besten machte man für immer eine Fliege. Ein Strick um den Hals, doch sie war sich nicht sicher, ob das wirklich schnell ging. Sie hatte zwar schon so einiges darüber gelesen, aber ...
Die Musik nahm sie mehr und mehr gefangen, der harte, metallisch schnelle Rhythmus. Jasmin schloß die Augen. Jetzt gab es nur noch sie und die Musik.
Erschrocken öffnete sie die Augen wieder. Jasmin schaute benommen auf den Wecker. Stille war in ihrem Kopf. Es war kurz nach neun. Sie mußte eingeschlafen sein, die Kassette war schon lange abgelaufen. Jasmin erhob sich, suchte nach einer neuen Kassette, legte den Walkman aufs Bett. Zeit, um ins Bett zu gehen. Jedenfalls an einem Tag wie heute. Sie schlich zur Tür, lauschte. Niemand schien da zu sein. Sie schlüpfte aus dem Zimmer, schlich hinüber zum Badezimmer.
Zehn Minuten später war sie wieder in ihrem Zimmer. Gerade rechtzeitig, wie ihr schien, denn sie hörte jemand die Treppe hinaufkommen. Jasmin überprüfte noch einmal, ob die Tür auch abgeschlossen sei, horchte. Schwere, behäbige Schritte waren zu hören. Jemand ging zum Telefon. Es war Onkel Otto, Jasmin erkannte seinen schweren Gang.
"Hallo, Heiner, Otto ist hier. Heiner, kannst du uns morgen früh freischieben?"
Der Schnee, dachte Jasmin. Sie warf einen Blick zum Fenster. Immer noch schneite es, und wahrscheinlich telefonierte Otto jetzt gerade mit Heiner Langmaack, ihrem nächsten Nachbarn im Dorf.
"... Auf dich ist Verlaß, Heiner. Wenn man dich braucht ..."
Jasmin erinnerte sich. Heiner Langmaack war schon früher

manchmal gekommen, wenn der Schnee zu hoch gelegen hatte. Hoffentlich kam er nicht zu spät, Jasmin hatte keine Lust, am ersten Ferientag des Schnees wegen auf dem Hof festzusitzen. Zudem noch mit Paul in der Nähe.
"... Sag mal ... heute abend geht´s nicht, was? Der Pastor ist nämlich hier."
Die Antwort schien kurz auszufallen. Otto brummte etwas vor sich her, verabschiedete sich.
"Danke. Bis morgen dann."
Heiner Langmaack kam also nicht heute abend. Und der Pastor war hier. Dann mußte er es gewesen sein, der vorhin gekommen war, als es geklingelt hatte. Pastor Falke war schon in Ordnung, aber dennoch war es ihr schleierhaft, was er hier zu suchen hatte. Wahrscheinlich irgendwas wegen Oma. Zu Oma kam er immer. Eigentlich hätte er auch mal zu mir kommen können, dachte sie. Gerade jetzt, bei diesem Ekel von Paul.
Jasmin ging zum Fenster, warf einen desinteressierten Blick auf Mond und Schnee, zog die Gardinen zu. Sie ließ sich aufs Bett fallen, schloß die Augen. Abschalten, Ruhe haben. Bilder begannen plötzlich in ihrem Kopf herumzuflirren, seltsame Gebilde, die sich auf einmal verdichteten. Der Hof in tiefstes Schwarz gehüllt, umgeben von reinem weißen Schnee, eine Tür, die abrupt aufsprang, Paul, der herausstürmte, ein Messer in der Hand ... Sie öffnete die Augen. Sie kannte diese Bilder, nicht mit Paul, aber ... Ob der Tod so war? Am Ende dieses Traumes starb sie immer.
Jasmin holte ihren Walkman, legte sich wieder aufs Bett. Der harte, schnelle Rhythmus begann durch ihren Leib zu pulsen. Sie schloß die Augen. Schlafen, schlafen, nichts als schlafen.

22. DEZEMBER, DIENSTAG

III.

Er hatte geschlafen. Frank Falke wachte auf, verstand nicht, was geschehen war, schlug die Augen auf. Er spürte einen Schmerz in der Brust, griff mit der rechten Hand nach dem Herzen, preßte die Faust an den Brustkorb, ließ wieder los. Der Schmerz ließ nach. Er hatte geträumt, ja, das war es gewesen. Ein makaberer Traum: eine monströse Gestalt in einem Sessel, ein Schrei, eine dunkle Gestalt, die durch den Raum schlich, und dann das erlösende Wort: "Mutter!" Falke schüttelte den Kopf, versuchte jenes Gefühl von Beklemmung loszuwerden, das ihn befallen hatte, griff nach dem Wecker, fand ihn nicht, suchte den Lichtschalter, ebenfalls ohne Erfolg. Die Augen orientierten sich langsam in der Dunkelheit. Draußen vor dem Fenster tanzten Schneeflocken im silbrigen Mondlicht. Er horchte in die Dunkelheit hinein. Irgend etwas hatte sich verändert, es war, als ob der Traum und der anschließende Schmerz in seiner Brust ihm etwas hatten mitteilen wollen, ohne daß er ergründen konnte, was es sein mochte. Frank Falke richtete sich benommen in seinem Bett auf. Langsam kehrte die Erinnerung zurück. Er überlegte, ob er aufstehen sollte, um das Licht anzumachen, entschied sich aber anders. Er war nicht zu Hause. Dies hier war nicht sein Bett, nicht seine Wohnung. Dies war der Hof der Haßlochs. Der Schneesturm hatte ihn hier festgehalten.

Behutsam kehrte Ordnung in seine Gedanken zurück, zog der vergangene Abend in der Erinnerung an ihm vorüber. Mehr als zwei Stunden hatte er der verzweifelten Frau Hellmann zugehört, die mit endlosen Worten um ihr Kind kämpfte. Die Fakten waren dabei ziemlich einfach: Jasmin war kurz nach ihrer Geburt zu Frau Hellmann gekommen, da die leibliche Mutter sie nicht hatte behalten wollen und der Vater und Bruder, eben

jener ominöse Paul, lange vor der Geburt schon spurlos verschwunden gewesen war. Dennoch hatte nie eine Adoption stattgefunden, und Jasmin war, rein rechtlich gesehen, ein Pflegekind geblieben. Inwieweit nun der Vater Anspruch auf Jasmin erheben konnte, war Frank Falke nicht klar. Er hatte diesbezüglich erhebliche Zweifel, andererseits jedoch war dem Vater nie das Sorgerecht abgesprochen worden. Warum der Vater jedoch überhaupt verschwunden war, war ihm völlig rätselhaft erschienen, und auch Frau Hellmann hatte ihn nicht darüber aufgeklärt.
Frank Falke seufzte, wandte unwillig den Blick vom Fenster ab, konnte im silbrigen Mondlicht jetzt Einzelheiten des Zimmers erkennen. Sein schnell hergerichtetes Bett auf der Couch, der große Tisch, vollgepackt mit Nähutensilien, die Nähmaschine, der Wäschekorb, das Bügelbrett, ein, zwei Bilder an der Wand: herbstliche Wälder mit röhrenden Hirschen, wenn er sich recht erinnerte.
Falke schaute erneut zum Fenster hinaus. Noch immer schneite es. Feld und Hof waren nun von einer dicken Schneeschicht bedeckt, die jetzt in der nächtlichen Mondhelligkeit gespenstisch glänzte. Morgen früh würde der Schnee wahrscheinlich noch höher liegen. Dann erst würde Heiner Langmaack mit dem Schneepflug kommen. Bei dem Gedanken an Heiner Langmaack mußte er plötzlich lächeln. Heiner Langmaack, Landwirt und Vorsitzender des Männergesangvereins "Concordia", war zugleich seit über zwanzig Jahren Mitglied im Kirchenvorstand und stellvertretender Vorsitzender desselben. Frank Falke konnte sich Heiner Langmaack lebhaft vorstellen, in seinen obligatorischen Gummistiefeln auf dem Trecker thronend, unterwegs, um ihnen den Weg freizuschaufeln.
Er wandte den Blick vom Fenster ab, versuchte die Augen zu schließen. Er wollte schlafen. Die Ankunft hier im Haus fiel ihm wieder ein. Die beklemmende Stimmung, die geherrscht hatte. Frau Hellmann war an die Tür gekommen und hatte ihn

mit sorgenvoller Miene unter ängstlichen Blicken sofort ins Nähzimmer geführt, das Zimmer, in dem er nun übernachtete. Trotz all dieser Vorsichtsmaßnahmen war aus dem Wohnzimmer eine laute, unangenehme Stimme zu hören gewesen, die sogar den Fernseher übertönt hatte.

"Wer ist da?" hatte der Mann im Wohnzimmer gebrüllt. "Ist da jemand? Mach keine krummen Dinger, ja? Ich warne dich! Kapiert?"

Frank Falke war erschrocken gewesen. Das mußte Paul sein, leicht betrunken anscheinend, aber allem Anschein nach ungewöhnlich wachsam. Frau Hellmann war noch ein Stück bleicher geworden, hatte stumm den Kopf geschüttelt und die Tür des Nähzimmers hinter ihnen geschlossen. Anschließend war sie noch einmal hinausgehuscht, um Jasmin zu holen, doch Jasmin hatte sich in ihrem Zimmer eingeschlossen, den Walkman auf volle Lautstärke gestellt, vermutlich, um nichts zu hören, aus Angst vor Paul, wie Frau Hellmann berichtet hatte.

Und dann das Ende des Gesprächs. Frank Falke hatte Frau Hellmann gerade versprochen, sich bei der Sozialarbeiterin des Amtes nach der rechtlichen Seite des Problems zu erkundigen, ohne ihr recht Hoffnung machen zu können, als Otto, der andere Bruder, ins Zimmer gekommen war.

"Der Pastor kommt nicht weg."

"Wieso?" hatten Frau Hellmann und er wie aus einem Mund gefragt. Otto hatte kurz mit den Achseln gezuckt.

"Der Schnee. So viel Schnee hatten wir noch nie. Die Schneewehen sind über einen Meter hoch. Ich habe Heiner Bescheid gesagt, der hat einen Schneepflug und kommt morgen früh, hat er gesagt." Und dann ein kurzer Anflug des Bedauerns. "Tut mir leid, Herr Pastor." Und an seine Schwester gerichtet: "Mach ihm hier ein Bett, ja."

So war er also hier gelandet, hatte Annette noch kurz telefonisch verständigt, daß er über Nacht fortbleiben würde, während Frau Hellmann im Nähzimmer ein Bett bereitet hatte. Das

Einschlafen war ihm schwergefallen. Die Gedanken an seine unvollendete Predigt hatten ihn nicht losgelassen, dann die Situation von Jasmin, mit der er gern ein paar Worte gesprochen hätte, die alte Frau, die er am Morgen besucht hatte und die ihm immer noch nicht aus dem Kopf gehen wollte, und dann wieder sein eigener Alltag, der morgen vor ihm lag. Die Predigt, die Probe für das Krippenspiel, die Absprachen mit dem Gesangverein wegen des Silvesterkonzerts und dann die eigene, private Weihnachtsfeier, sofern für einen Landpastoren an den Tagen um Heiligabend überhaupt noch Raum für Privates blieb. Da war der Tannenbaum, den es zu besorgen galt, das Drama des Aufstellens und so weiter, und so weiter. Während er sich von einer Seite auf die andere gewälzt hatte, hatte von der anderen Seite der Diele der Fernseher die ganze Nacht hindurch mit unbarmherziger Lautstärke gedröhnt, ein, zweimal nur unterbrochen von Pauls lauter, herrischer Stimme, wobei seine Gesprächspartner nicht zu hören gewesen waren.
Es ist still hier, fiel ihm erneut auf. Viel zu still. Er horchte in die Nacht hinein. Totenstille. Draußen wirbelten die Schneeflocken in einer Art wildem Tanz lautlos hin und her, fiel bleiches Mondlicht auf eine endlose Schneewüste. Ein beklemmendes Gefühl von Angst legte sich auf seine Brust, ein Gefühl der Unwirklichkeit, der Bodenlosigkeit. Frank Falke beschloß aufzustehen, das Licht anzumachen, auf die Uhr zu sehen. Es hatte etwas Beruhigendes, wenigstens in der Zeit Orientierung zu haben. Er stand auf, tastete sich zum Lichtschalter vor, suchte seine Hose, holte die Uhr aus der linken Hosentasche hervor. Es war kurz nach halb drei. Er legte die Uhr wieder an ihren Platz, löschte das Licht, kroch ins Bett zurück, schloß die Augen in dem bewußten hoffnungslosen Bemühen, bald einzuschlafen.
Ein leises Geräusch ließ sich hören. Es war, als ob jemand den Schlüssel im Türschloß bewegte. Für einen Augenblick überlegte er aufzustehen, ließ es dann aber bleiben. Seine überreiz-

ten Nerven hatten ihm sicher einen Streich gespielt. Wer sollte sich auch mitten in der Nacht an seiner Tür zu schaffen machen?

IV.

Heiner Langmaack machte sich an der Treckertür zu schaffen. Das Türschloß klemmte. Frierend saß er auf seinem Trecker und starrte in die Dunkelheit. Es war halb sieben am Morgen. Nebel war in der Nacht aufgekommen, eine unangenehme feuchte Kälte lag in der Luft, kroch in alle Ritzen. Bedächtig knatternd pflügte sich der Trecker seinen Weg durch den Schnee.

“Kinder, Kinder”, murmelte Heiner Langmaack leise vor sich her. Er hatte schlecht geschlafen in dieser Nacht, obwohl das selten vorkam. Irgendwann war er wach geworden, hatte hinausgeschaut aus dem Fenster. Das Schneetreiben hatte aufgehört, der Himmel war sternenklar gewesen, die Landschaft in Weiß gehüllt, erleuchtet vom untergehenden Mond. Eine unheimliche Atmosphäre, sein Großvater hatte ihm allerlei über solche Nächte erzählt. Von Toten, die in ihren Gräbern keine Ruhe fanden, und daß in solchen Nächten jemand zu sterben pflegte. Obwohl - das war purer Aberglaube. Wobei man nie so recht wissen konnte.

Heiner Langmaack zog seinen Wintermantel zusammen, griff mit der rechten Hand nach der Treckertür, die sich nach wie vor weigerte zuzugehen. Immer noch war es dunkel. Die Scheinwerfer des Treckers verloren sich im endlosen Schnee. Er hatte den großen MB-Truck nehmen müssen, da der kleine Hanomag, den er so gerne fuhr, für diese Arbeit zu schwach war. Außerdem paßte der Schneepflug nicht auf den Hanomag, und mit der Frontladerschaufel hätte das Schneeräumen ewig gedauert.

“Kinder, Kinder”, murmelte Heiner Langmaack noch einmal, blickte für einen Augenblick mißmutig auf den Schnee, den der Pflug in einer Linie an der Seite des Weges auftürmte. Kalter, nasser Schnee, der bald matschig werden würde. Er dachte an den Pastor, der heute nacht bei Otto hatte übernachten müssen. Pastor Falke, seit mehreren Jahren war er nun bei ihnen, er hatte gerade vor kurzem mit Asmus über den Pastor gesprochen - Asmus Ahrholz, Landwirt wie er und Kassenwart des Gesangvereins Concordia. An und für sich war gegen Falke nichts einzuwenden, nur ein bißchen trocken und still war er immer, auf Magda Hinrichsens fünfundachtzigstem Geburtstag hatte er nicht mal eine Rede gehalten. Nun, die Pastoren waren auch nicht mehr wie früher.

Der Trecker zog unbeirrt seine Bahn. Eine erste Ahnung von Licht begann den nahen Morgen anzukündigen. Heiner Langmaack kämpfte weiter verbissen gegen die Kälte, hing seinen Gedanken nach. Die Schneekatastrophe fiel ihm ein, damals 1979, ganz Schleswig-Holstein war eingeschneit gewesen. Die Bundeswehr hatte Bergepanzer zur Räumung eingesetzt. Im Nachbardorf Groß Wannendorf, das an der Bundesstraße lag, hatten sie die Ortsdurchfahrt vierspurig geräumt. Leider hatten sie erst hinterher festgestellt, daß sie vor allem die Vorgärten abgeräumt hatten, da die Straße innerorts nur zweispurig gewesen war. Vorher jedenfalls. Heiner Langmaack grinste, erinnerte sich noch genau an das Geschrei, das es gegeben hatte. Aber was sollte man sagen, Soldaten waren halt auch nur Menschen.

Der Weg machte jetzt eine Kurve, näherte sich dem Hof. Schemenhaft begannen sich die Umrisse des Hofes gegen die beginnende Morgendämmerung abzuzeichnen. Zu seiner Überraschung sah Heiner Langmaack einen Mann, der sich mit seinem Fahrrad einen Weg durch den Schnee kämpfte. War das Paul? Er hatte Paul seit einer Ewigkeit nicht mehr gesehen. Wie lange war es überhaupt her, daß Paul verschwunden war? Fünfzehn Jahre? Klara hatte es das Herz gebrochen, daß ihr Sohn so mir nichts, dir nichts auf und davon war. Und da war doch noch die andere Sache gewesen, der Einbruch bei Emil, der die Raiffeisenfiliale im Dorf gehabt hatte. Merkwürdige Sache war das schon gewesen, auch wenn man nie etwas hatte beweisen können. Nun war Paul wieder da, genauso plötzlich, wie er verschwunden war.

Der Mann kam näher. Nein, das war nicht Paul. Der Mann machte einen zerlumpten Eindruck, ein schäbiger Wintermantel schlotterte um seine Schultern, ein kleiner Rucksack klemmte auf dem Gepäckträger des Fahrrades. Ein Landstreicher also. Nein, das war ... Verbissen schob der Mann seinen Drahtesel durch den hohen Schnee.

"Moin!" Mensch, das war doch Willi. Willi Tassen. Der Trecker hatte den Mann erreicht. Heiner Langmaack öffnete die Treckertür. "He, Willi, was machst du denn hier? Und so früh am Morgen."

Keine Reaktion. Ohne ein Wort zu sagen, schob Willi Tassen das Fahrrad zur Seite, hetzte am Trecker vorbei. Heiner Langmaack drehte sich um. Willi Tassen hob das Fahrrad aus dem Schnee, setzte es auf den freigeräumten Weg, schwang sich darauf und begann wie ein Wilder in die Pedale zu treten.

"Mann o Mann." Heiner Langmaack schüttelte den Kopf, drehte sich wieder um. Als ob der leibhaftige Teufel hinter ihm her sei. Na ja, muß jeder selbst wissen. Willi war schon ein armer Kerl. Er lebte in einem halbverfallenen Haus am Rand von Klein Hasenberg, allein, ohne Ordnung und Hilfe. Solange seine Mutter noch dagewesen war, war es ja noch einigermaßen gegangen. Elfriede hatte den Haushalt zusammengehalten. Das war bis vor fünf Jahren ... Aber seitdem ... Nicht einmal das Grab seiner Mutter zu pflegen brachte Willi noch fertig. Heiner Langmaack schüttelte den Kopf. Was war bloß mit Willi los? Als ob auf dem Haßlochschen Hof die Pest ausgebrochen sei, so hatte Willi sich aufgeführt.

Heiner Langmaack schüttelte noch einmal den Kopf, nur noch wenige hundert Meter trennten ihn jetzt vom Haßlochschen Hof. Der Hof war jetzt deutlich gegen den Morgenhimmel zu erkennen. In einem der Fenster ging das Licht an.
Der Hof erwachte.

V.

“Wach auf, du dummes Gör!”
Die Stimme keifte durch das ganze Haus, erfaßte den schlafenden Körper, kroch in die Gehörgänge. Ächzend warf sich Jasmin in ihrem Bett von einer Seite auf die andere, zog sich die Bettdecke über den Kopf.
“Jasmin, du Luder! Wenn ich dich erwische! Komm her!”
“O nein.” Stöhnend schlug Jasmin die Augen auf. Um sie herum war es dunkel. Die Leuchtschrift auf ihrem Wecker zeigte sieben Uhr.
“Mach die Tür auf, Jasmin! Wird´s bald?” Wieder ertönte die dröhnende Stimme. Oma, dachte sie entnervt, o nein. Eine Gänsehaut lief über ihren Rücken. Mit einem Ruck war sie hellwach. Wenn Oma brüllte, ging das meist böse aus. Jasmin fröstelte. Im Zimmer war es kalt, die Bettdecke fühlte sich klamm an. Jasmin machte das Licht an, schloß instinktiv die Augen angesichts der erdrückenden Helligkeit.
“Was ist denn?”
“Das weißt du ganz genau, du freches Gör. Komm her, mach die Tür auf! Und wenn du noch einmal ...”
“Ich komm ja schon.” Sie öffnete wieder die Augen, richtete sich in ihrem Bett auf, setzte die Füße auf den Boden, trat aus Versehen auf den Walkman, der in der Nacht aus unbegreiflichen Gründen seinen Weg dorthin gefunden hatte, fluchte leise, begann ihre Hausschuhe zu suchen. “Ich denke, ich spinne”, murmelte sie. Sieben Uhr morgens, mitten in der Nacht, und

heute war der erste Ferientag. Oma war mal wieder gnadenlos. Was war überhaupt passiert? Sie suchte ihre Hausschuhe, fand sie endlich, erhob sich, setzte sich schlurfend in Bewegung. Mit einem Ruck blieb sie stehen.

Paul, schoß es ihr plötzlich durch den Kopf, Paul, der sie angefaßt hatte und den sie zum Teufel wünschte. Paul war tot. Sie hatte ihn vergiftet. Und anschließend war er wie ein Luftballon zerplatzt. Ein Grinsen glitt über ihr Gesicht. Geschah ihm recht, diesem fiesen Schwein! Ein Traum, leider nur ein Traum, sie hatte geträumt. Jasmin sah vor ihren Augen noch einmal die platzende Visage, spürte dieses Gefühl von hemmungsloser Freude. Und dann wurde das Bild dunkel, undurchdringliche, dumpfe Schwärze umgab sie.

“Trödel nicht so herum! Wo bleibst du denn?” Großmutters böse, energische Stimme tönte erneut durch das Haus, zerrte sie in die Wirklichkeit zurück. Ein Seufzen, dann: “Ich komm ja schon.”

Jasmin ging zur Tür, stellte zu ihrer Überraschung fest, daß sie abgeschlossen war. Ach ja, sie hatte sich gestern abend eingeschlossen, wegen Paul. Sie sperrte auf, spähte in den Flur hinaus. Ob Paul hier irgendwo war? Hoffentlich nicht! Sie hatte keine Lust, ihm zu begegnen, weder heute morgen noch überhaupt jemals. Paul war gemein, gemeiner noch als Oma. Viel gemeiner. Aber niemand war zu sehen, zu hören - außer Oma natürlich.

Jasmin ging hinaus auf den Flur. Hier war es noch dunkel, kein Morgenlicht drang herein. Jasmin schaltete das Licht an, sah den alten Eichenschrank an der Wand, den alten Läufer, die Treppe nach unten, hörte hinter der Tür das ungeduldige Pochen der Großmutter. Typisch, die alte Hexe, dachte sie widerborstig. Oma kann sich kaum auf den Beinen halten, aber brüllt, daß einem die Ohren platzen. Wahrscheinlich fuchtelt sie schon wieder mit einem Krückstock herum. Die Dinger müßte man ihr wegnehmen.

“Da ist kein Schlüssel.” Jasmin hatte Großmutters Schlafzimmertür erreicht, drückte die Klinke herunter. Die Tür war fest verschlossen. Eine seltsame Geschichte. Jemand hatte Oma eingeschlossen. Wahrscheinlich Paul. Wer sonst sollte so etwas getan haben? “Da ist kein Schlüssel im Schloß.”
“Mach sofort auf! Sofort! Sonst wirst du was erleben!”
“Aber ...”
“Was ist denn los?” Aus dem Schlafzimmer ihrer Mutter auf der gegenüberliegenden Seite ertönte deren leise, verschlafene Stimme.
“Oh, Mama!”
“Jasmin ... Moment, ich komme.” Sie hörte, wie ihre Mutter aufstand und zur Tür ging. “Jasmin, die Tür ist abgeschlossen.”
“Öffnest du endlich, du Luder?” Das war wieder Oma.
“Jasmin, mach auf!” Jasmin drehte sich um, ging zur Tür der Mutter. Hier steckte der Schlüssel von außen im Schloß. Jasmin öffnete. Ihre Mutter erschien in der Tür. Sie hatte sich hastig einen Morgenmantel übergeworfen, das unfrisierte braune Haar breitete sich über ihre Schultern aus.
“Warum hast du das getan, Jasmin?” Ihre Mutter sah sie vorwurfsvoll an. “Wie kannst du nur auf so eine Idee kommen, mich einzuschließen ...”, sie blickte zur Tür hinüber, “und Großmutter auch? Nachts umherzuschleichen und an die Türen zu gehen, also ich finde, Jasmin ...”
“Ich war das nicht, ehrlich, Ma. Ich weiß auch nicht.”
“Du warst das nicht? Das soll ich dir glauben?”
Jasmin duckte sich innerlich. Wenn ihre Mutter so anfing, war Gefahr im Verzug. Gott sei dank geschah das nur selten. “Nein! Äh, ja, meine ich. Du mußt mir glauben, Ma.”
Ihre Mutter sah sie intensiv an. “Warst du das wirklich nicht? Du lügst nicht, oder?” Im Gesicht der Mutter flackerte Unruhe auf. “Aber einer muß es doch getan haben. Ich meine, wenn du das nicht warst, wer soll es dann gewesen sein? Jasmin, was soll das Ganze? Ich meine ...”

"Bist du das, Teresa?" Die Mutter verstummte. Die Stimme der Großmutter wirkte plötzlich verdächtig ruhig. "Wenn jetzt nicht bald die Tür aufgeht ..." Eine kalte, ruhige Stimme. Jasmin schauderte.
"Ich komm ja schon, Mutter, ich komme." Die Nervosität ihrer Mutter verstärkte sich, mit unsicheren Schritten setzte sie sich in Bewegung.
"Was ist denn hier los?" Durch seine Schlafzimmertür hindurch ertönte Ottos Stimme. Ottos Zimmer lag direkt neben der Treppe, die ins Erdgeschoß führte.
"Die Türen sind abgeschlossen." Ihre Mutter blieb stehen, griff mit den Händen nach den Schlaufen des Morgenmantels. "Irgend jemand hat sich einen dummen Streich erlaubt." Sie warf Jasmin einen vorwurfsvollen Blick zu, wandte sich wieder in Richtung Tür. "Otto, hast du verschlafen? Es ist schon nach sieben."
"Ja, schon gut, ich hab verschlafen." Otto wirkte verärgert. "Moment, ich komme." Cool, dachte Jasmin plötzlich, wie in einem Horrorfilm. Die Türen sind abgeschlossen. Und hinter der nächsten Tür wartet das Alien, das Monster. Oder ein Adventskalender. Ein Akte-X-Adventskalender. Hinter jeder Tür etwas Schreckliches. Der Tod, der wartete. Und dann ... man öffnet die Tür und ... Ihr Blick fiel auf ihre Mutter. Ihre Mutter hatte unübersehbar Angst. Oma war eingeschlossen, das machte ihr Angst.
"Meine Tür ist abgeschlossen", ertönte Ottos ärgerliche Stimme.
"Ich mach dir auf. Otto, ich versteh das nicht, alle Türen sind abgeschlossen. Meine auch, nur die von Jasmin nicht. Das stimmt doch, Jasmin, deine Tür war nicht verschlossen, nicht wahr? Wieso war deine Tür nicht zu, Jasmin, ich meine, wenn du das nicht warst? Warum sollte jemand alle Türen abschließen und deine Tür ..." Ihre Mutter redete unentwegt, während sie zu Ottos Zimmer ging, um ihm aufzuschließen. Inzwischen

war hinter Großmutters Tür nur noch leises Schnauben zu hören.
“Das war keine gute Idee, Jasmin.” Otto erschien in Jeans und Unterhemd in der Tür, sah noch bulliger aus als sonst. Er schaute Jasmin mißbilligend an. “Mach das nicht noch mal.”
“Ich war das nicht.” Das Prekäre der Situation wurde Jasmin endgültig bewußt. Ihre Tür war nicht abgeschlossen gewesen. Nur ihre Tür. Und was war mit Paul? Vielleicht war seine Tür ja auch nicht verschlossen. Das würde zu Paul passen, das Ganze. Aber natürlich, ständig hatte sie Schuld. Das war in diesem Haus schon immer so: Wenn irgend etwas schief ging, war sie es gewesen. Immer Jasmin, wer denn sonst. Sie hatte keine Lust mehr. Und unten war Paul. Jasmin zuckte mit den Achseln, bemühte sich, nicht hinzuhören. “Und was ist mit Paul?” brachte sie trotzig hervor.
“So ein Unsinn. Paul ist ein erwachsener Mann.”
Was für eine Antwort. So dumm konnten auch nur Erwachsene sein. Normalerweise war ihre Mutter gar nicht so, aber heute morgen war wohl alles daneben. Jasmin drehte sich enttäuscht um. “Ich pack mich sowieso wieder hin.”
“Bleib hier!” Mutters Ton war ungewohnt scharf, beinahe schrill.
“Und warum?”
“Hallo Leute!” Das Gesicht von Heiner Langmaack tauchte unten am Treppenabsatz auf. Jasmin war verblüfft. Heiner Langmaack sah bedrückt aus.
“Otto, komm doch mal runter.” Er zögerte, als auch Teresa sich in Bewegung setzte. “Nein, du nicht, Teresa, das ... das ist nichts für Frauen. Otto, komm schnell! Ich glaube ... Otto, komm schnell!”
“Was ist denn, Heiner?” Otto eilte nach unten.
“Kinder, Kinder, also nein, schöner Mist ist das.” Die beiden Männer verschwanden unten am Absatz der Treppe.
Irgend etwas war da unten geschehen.

"Ist Paul tot?" Jasmin fragte es fast hoffnungsvoll. Ihre Mutter sah sie entsetzt an.
"Macht die Tür auf!" hauchte die Großmutter mit allen Anzeichen von Entkräftung.
"Entschuldigung", ließ sich von unten als Echo die leise Stimme des Pastors vernehmen, "meine Tür ist abgeschlossen."

VI.

"Sie wurden also eingeschlossen?"
"Ja."
Frank Falke sah den Kriminalbeamten flüchtig an, blickte zur Seite. Verwirrung machte sich in seinem Kopf breit. Die Erlebnisse der letzten Stunden, der Anblick des Toten, das Gebet neben dem Leichnam, das zu sprechen Otto Haßloch ihn gebeten hatte, all dies war zu viel für ihn gewesen, hinterließ ein Gefühl, der Realität entfernt zu sein, irgendwo im Nichts zu schwimmen. Immer wieder tauchte das Bild des Ermordeten in seinem Kopf auf, wie er erstochen in seinem Sessel saß. Das Messer im Bauch, die gelbliche wächserne Haut, das starre Gesicht mit der eingefrorenen Miene des Erstaunens, dazu im Kontrast das blutbesudelte Hemd, das Blut inzwischen hart und braun geworden, der ganze Körper erstarrt - Paul Haßloch, Jasmins ungeliebter Vater, war ermordet worden.
Vor rund einer Stunde war dann die Polizei gekommen. Nachdem sie einen ersten Blick in das Wohnzimmer geworfen hatten, hatten einige Beamte mit den Befragungen begonnen. Ein etwas rundlicher Beamter, Mitte Vierzig und mit angegrautem Haar, war mit ihm in das Nähzimmer gegangen, den Raum, in dem er übernachtet hatte. Drüben auf der anderen Seite des Flures, am Tatort, waren jetzt die Männer von der Spurensicherung beschäftigt.
"Um halb drei war das, sagten Sie? Woher wissen Sie die Uhr-

zeit so genau?" Der Kriminalbeamte holte ihn unbarmherzig in die Wirklichkeit zurück. Eine präzise, nüchterne Frage. Von irgendwelchen Gefühlen wurde nichts spürbar. Er macht seine Arbeit, dachte Frank Falke mit Blick auf sein Gegenüber. Wer weiß, wie viele Tote er in seinem Leben schon gesehen hat.
"Ich habe auf die Uhr gesehen." Es wirkte wie eine Entschuldigung. "Deshalb weiß ich es so genau." Auf einmal durchzuckte ihn eine Erleuchtung. "Sie meinen, daß der Mord um halb drei ...?"
"Es wäre doch logisch, oder? Sehen Sie, in diesem Haus wird in der Nacht ein Mann erstochen. Und in derselben Nacht schließt jemand sämtliche Bewohner - mit einer Ausnahme - in ihren Zimmern ein. Ein seltsamer Zufall, nicht wahr?" Der Beamte verzog das Gesicht. "Für meinen Geschmack etwas zu seltsam. Na ja, dann ... Ich habe keine weiteren Fragen. Zur Zeit jedenfalls nicht." Der Beamte zögerte. "Eventuell werden wir Sie noch einmal befragen müssen. Wir melden uns dann. Sie sind zu Hause, nehme ich an?"
Wo sonst, hätte er beinahe geantwortet. Trotz der lähmenden Situation mußte Frank Falke für einen Augenblick lächeln. Ein Pfarrer, der Heiligabend nicht in seiner Kirche war, war schlicht und einfach undenkbar. "Ich bin zu Hause."
"Vielen Dank." Der Kriminalbeamte erhob sich. Frank Falke trat auf den Flur. Niemand war zu sehen. Er drehte sich hilfesuchend um, hörte Frau Hellmanns Stimme aus der Küche.
"Oh, Entschuldigung!" Er hatte die Küchentür geöffnet. Wie er selbst noch vor einer Minute, so saß auch Frau Hellmann einem Kriminalbeamten gegenüber. "Ich wollte mich nur verabschieden. Und das ... äh ... das Problem hat sich ja erledigt."
Ein dummer Satz. Den ganzen Rückweg nach Hause ärgerte er sich darüber. Das Problem hat sich erledigt ... das würde ja bedeuten ... Er versuchte hektisch, den Gedanken zu verdrängen, klammerte sich an den letzten Rest Vernunft, der noch in ihm steckte. Man lud nicht den Pastor zum Gespräch ein, um sich

noch in derselben Nacht des Problems, sprich: des eigenen Bruders gewaltsam zu entledigen. Überhaupt: Man ermordete keinen Menschen, um ein Problem zu lösen. Aber ... irgend jemand hatte es getan.
Frank Falke wollte sich auf die Straße konzentrieren, hatte den Dorfkern erreicht, bog ab, fuhr den Weg zum Kirchberg hinauf, der nur notdürftig von den Schneemassen geräumt war, schlitterte, bog mit Mühe in die ebenfalls kaum geräumte Auffahrt zum Pastorat ein. Gegenüber lag schneegeschmückt seine geliebte Klein Hasenberger Kirche. Er parkte den Wagen vor dem Pastorat, stieg aus, schloß den Wagen ab. Unwillkürlich blieb sein Blick auf der Kirche haften. Kirche und Kirchberg, daneben die Trave, deren weites Urstromtal von dem jäh aufsteigenden Hügel begrenzt wurde, auf dem Kirche und Friedhof sich befanden - unzweifelhaft gehörte diese Ecke von Klein Hasenberg zu den schönsten Teilen des Dorfes. Und nun gab der Schnee alledem noch einen besonderen Zauber. Etwas Friedliches lag in der Luft, wurde spürbar in der Reinheit des Schnees, etwas, das in hartem Gegensatz zu dem jüngst Erlebten stand, zu all den mörderischen Ereignissen der Nacht. Wieder tauchte das Bild des Toten auf. Seltsamerweise bekam man als Pastor den Tod nur selten zu Gesicht. Der Umgang mit sterbenden Menschen, mit Särgen, mit weinenden Angehörigen, all das war Frank Falke vertraut. Aber das Bild des Todes, diese irreale Wirklichkeit, ein Mensch, der da ist und doch nicht mehr vorhanden, nicht mehr ansprechbar, durch irgendein unbegreifliches Geschehen nicht mehr lebendig, nein, dieses Bild war ihm neu. Und hier war es gepaart mit der Gewalt und der Erkenntnis, daß irgend jemand an diesem Tod Schuld trug ... Wieder fiel sein Blick auf die schneebedeckte Kirche. Es war, als ob ihm diese alte Kirche mitteilen wollte, daß sie auch diesen Sturm überstehen würde.
Frank Falke wandte sich schwermütig um, begab sich ins Haus. Der Moment der Begegnung mit Annette stand ihm bevor.

“Hallo!”
“Da bist du ja”, kam die Antwort aus der Küche.
“Ja.”
“Hast du deine Schuhe etwa noch an?” Annettes Kopf guckte aus der Küchentür. Sie blieb wie angewurzelt stehen. “Frank, was ist mit dir?”
“Ich ... äh ...” Eine Pause entstand. “Paul Haßloch ist gestorben.” Seltsam, daß er instinktiv ein schlechtes Gewissen bekam.
“Paul Haßloch? Der Bruder der Frau, derentwegen du gestern ...”
“Ja. Er ist ermordet worden.”
“Oh!” Annette warf ihm einen zuerst nachdenklichen, dann schockierten Blick zu, fing sich wieder. Sie kam auf ihn zu, umarmte ihn. Ihr Körper fühlte sich warm und angenehm an. “Du Ärmster!” Ein Gefühl von Geborgenheit durchströmte ihn.
“Komm in die Küche, Frank, erzähl, setz dich.”
Er folgte ihr. Die Küche sah chaotisch aus, keineswegs untypisch für Annette. Ein halb paniertes Schnitzel teilte sich den Küchentisch mit Krippenfiguren, die sie soeben wohl aus der Weihnachtskiste ausgepackt hatte, daneben eine geöffnete Dose Erbsen.
Frank Falke setzte sich, begann zu berichten, erst langsam, dann immer hektischer. Da waren das Gespräch am Abend mit Frau Hellmann, die sonderbaren Eindrücke in der Nacht und dann jenes seltsame Erwachen. “... Wir wurden alle eingeschlossen, verstehst du?”
“Eingeschlossen?”
“Ja, bis auf Jasmin, glaube ich. Ihre Tür war als einzige nicht abgesperrt. Sie hatte sich am Abend vorher aus Angst vor ihrem Vater eingeschlossen, wenn ich mich richtig erinnere. Deshalb wohl war ihre Tür offen. Und die Tür der Großmutter mußte Otto, das ist der Sohn, sogar mit Gewalt aufbrechen.” Er lachte unvermittelt und unsinnig. “Das Rätsel der verschlossenen

Tür, weißt du, nur umgekehrt. Diesmal ist es nicht der Tote, sondern der Täter ist eingeschlossen." Plötzlich kam ihm ein Gedanke. "Oder auch nicht ..."
Sein Blick irrte wie geistesabwesend durch die Küche. Oder auch nicht ... aber das bedeutete ... Ich habe immer noch meine Straßenschuhe an, fiel ihm auf. Der tauende Schnee leckte von den Schuhen auf den Fußboden. Schöne Bescherung.
"Ach du meine Güte! Aber natürlich, jemand muß ihn ja ermordet haben."
Annette hatte sich zu ihm gesetzt, erhob sich nun, ging in der Küche auf und ab. "Sag mal", sie blieb stehen, "Jasmin, ist das nicht dieses Mädchen mit der sonderbaren Phantasie?"
"Genau, das ist sie. Heiligabend in der Kirche kannst du sie sehen. Sie wird die Maria beim Krippenspiel spielen. Das heißt", er zögerte, "falls sie überhaupt noch mitmacht. Mal sehen, ob sie heute nachmittag zur Probe kommt. Wenn nicht, wahrscheinlich hat sie jetzt anderes im Kopf, obwohl ich dann ..."
"Diese Jasmin", unterbrach Annette seine plötzlich aufkommenden praktischen Gedanken, "war doch dies Mädchen, das immer die Mordsgeschichten verbreitet."
"Ja, genau." Frank Falke hatte Annette davon erzählt. Für einen Moment mußte er lächeln. "Das ist Jasmin." Was hatte sie ihm nicht alles an Geschichten aufgetischt, vor und nach den Konfirmandenstunden Berichte von ermordeten Hunden, von Schafen mit durchgeschnittener Kehle, von Cousins, die in der Donau ertrunken waren, und selbst eine Erzählung über einen Mord an einem entfernten Onkel war dabeigewesen. Jasmin wurde angezogen von allem Dunklen, Sterbenden, Leidenden, ohne daß Frank Falke die Ursache für dieses Verhalten hatte ergründen können. Deutlich aber war, daß für sie selbst diese Geschichten Wahrheit waren, daß sie zwischen den Ausgeburten ihrer Phantasie und der Realität nicht unterscheiden konnte. Jasmin log nicht, wenn sie solche Geschichten erzählte, davon war er überzeugt.

“Und ihr Zimmer war als einziges offen?” hakte Annette nach. Sie schaute ihn intensiv an. “Das arme Mädchen, Frank.” Und mit einem Gedankensprung fügte sie hinzu: “Du bist auch ein Verdächtiger?”
“Ich?” Ja, natürlich, er hatte noch überhaupt nicht darüber nachgedacht. Aber Annette hatte recht. Solange der Täter nicht gefunden wurde, war jeder, der gestern bei den Haßlochs übernachtet hatte, ein Verdächtiger. Ein sonderbares Gefühl, es wurde ihm jetzt erst bewußt. Auch er stand unter Mordverdacht.
“Aber nicht für mich.” Annette schien seine Gedanken gelesen zu haben. “Für mich nicht, Frank.”
Das Telefon klingelte. Annette wollte zum Apparat eilen.
“Laß mal, ich geh. Wahrscheinlich etwas Dienstliches.”
Er begab sich ins Wohnzimmer, nahm den Hörer ab.
“Frank Falke.”
“Hasselmann.” Die Frau am anderen Ende der Leitung zögerte. “Spreche ich mit dem Pastor?”
“Ja, das tun Sie.”
“Herr Pastor, ich wollte fragen, wann Heiligabend Gottesdienst ist?”
“Sie meinen den Gottesdienst am Nachmittag?” Falke seufzte. Plötzliche Bilder der Pflicht zogen an ihm vorüber: die Probe des Krippenspieles am Nachmittag, die vielen Gottesdienste, seine eigene Sehnsucht nach Ruhe ... Der Alltag hatte ihn wieder. “Um halb vier”, sagte er lustlos ins Telefon.
Die Frau bedankte sich. Er legte den Hörer auf.
“Ich glaube nicht, daß sie es getan hat.” Annette war zu ihm getreten.
“Wer? Was?” Frank Falke hatte den Faden verloren. “Was getan hat?”
“Jasmin. Daß sie ihren Vater ermordet hat. Ich glaube es nicht.”

VII.

"Das glaubt man nicht. Mensch, Otto, ein Mord bei euch, dein eigener Bruder, dein eigen Fleisch und Blut, nee, o nee! Schrecklich, so was."
Asmus Ahrholz, Landwirt, Ende Fünfzig und rundlich von Statur, schüttelte den Kopf. Er war ebenso wie Heiner Langmaack einer der nächsten Nachbarn der Haßlochs, soweit man bei einer Entfernung von eineinhalb Kilometern Luftlinie überhaupt von Nachbarn sprechen konnte.
"Und Paul hat drüben im Wohnzimmer gesessen, ehrlich? Entsetzlich!" Asmus Ahrholz machte aus seiner Neugierde keinen Hehl. Von seinem Hof aus hatte er Polizei und Leichenwagen gesehen und hatte sich sofort zu einem Nachbarschaftsbesuch aufgemacht. Jetzt saßen sie im Nähzimmer, in das ihn Otto unverständlicher Weise geführt hatte.
"Und er saß wirklich da drüben?" hakte er nach. Otto hatte bisher nicht einmal versucht, auf seine Frage zu antworten.
"Ja."
"Und mit einem Messer in der Brust, nicht wahr?"
"Ja."
"Wer tut so etwas, Otto? Der ist doch nicht normal, der so etwas tut."
"Keine Ahnung."
"Du ..." Asmus Ahrholz zögerte, blickte für einen Moment auf die ungebügelte Wäsche, auf das hastig zur Seite geräumte Bett, auf Nähmaschine und Bügelbrett. Die Atmosphäre bereitete ihm Unbehagen. Er räusperte sich. "Du ... du könntest es auch getan haben."
Otto Haßloch sah ihn ernst an. "Ich war es aber nicht. Willi war hier."
"Willi Tassen meinst du?"
Otto nickte langsam. "Teresa hatte ihm erlaubt, in der Scheune zu übernachten. Das hätte sie nicht tun sollen. Aber du kennst

Teresa. Und bei Willi - du weißt ja, wie das bei ihm zu Hause ist: kalt. In der Scheune ist das warm."
"Willi war hier?" Ein Ruck durchfuhr Asmus Ahrholz. Das Unbehagen, das ihn befallen hatte, verschwand. Sieh mal einer an. Der liederliche, unordentliche Willi Tassen. Nun, das erklärte vieles.
"Hatte Paul Geld?" Asmus Ahrholz war wieder ganz bei der Sache.
"Vielleicht ..." Otto zögerte. "Paul hatte Geld, glaube ich."
"Dein armer Bruder. Wegen ein paar lumpiger Mark."
"Obwohl ich nichts gesagt haben will." Otto blickte zum Fenster. Der Nebel hatte sich gelichtet, war einem grau verhangenen Tag gewichen. "Aber einer muß es ja getan haben."
"Ja, natürlich. Willi Tassen." Asmus Ahrholz ließ den Namen auf der Zunge zergehen, blickte wieder auf die Wäsche. Willi war hier gewesen. Willi, der nie Geld hatte, der jeden anpumpte, aber nie bereit war, einen Spaten in die Hand zu nehmen. Andererseits ... Zugegebenermaßen hatte Willi es niemals fertiggebracht, auch nur einer Fliege ein Haar zu krümmen, wie jeder im Dorf wußte. Selbst die Ratten überlebten in seinem Haus, und mehr als einmal hatte Willi seine Mäuse vor der Nachbarskatze gerettet, die einzige Arbeit, zu der er allem Anschein nach fähig war. Die Katze hatte vor Willi Respekt, aber das war´s auch. Und wenn es hart auf hart ging, war Willi sowieso der erste, der Reißaus nahm. Willi Tassen war hier ... Sieh mal an, dachte Asmus Ahrholz, wie man sich täuschen kann.
"Keine Angst, Otto, Willi haben sie bald." Asmus Ahrholz erhob sich. "So, ich will mal wieder. Ach übrigens, von wegen Geld, morgen bring ich dir die Egge, die du haben wolltest. Ist noch wie neu. In Ordnung? Fünftausend Mark, auf die Hand, du weißt ja."
Deutlich war ein Zögern zu spüren. "Ach Asmus, ich weiß nicht, ob ..."

Die Tür ging auf. “Hallo ... Asmus!” Die Begrüßung kam zögerlich. Teresa Haßloch trat ins Zimmer. “Oh, wie das hier aussieht. Willst du nicht noch bleiben, Asmus?” Sie deutete zaghaft in Richtung der Küche. “Das Mittagessen ist fertig. Du kannst bleiben, wenn du willst.”
“Oh, danke, Teresa. Ich ...” Asmus Ahrholz bedachte sie mit einem liebevollen Blick. Für Teresa hatte er schon immer etwas übrig gehabt. “Mensch, das ist ja schrecklich, was bei euch passiert ist.”
“Ja.” Teresa antwortete einsilbig, schien ihre gewohnte Redseligkeit verloren zu haben.
“Wißt ihr was, ich bleibe noch etwas, wenn´s euch recht ist.”
“Ist es.”
Asmus Ahrholz erhob sich, folgte Teresa und Otto hinaus auf den Flur. Noch einmal fiel sein Blick auf die Wäsche. Oben auf dem Korb lagen frisch gewaschene Damenunterhosen. Der Größe nach gehörten sie Oma Klara. Er schüttelte sich, verließ schleunigst das Zimmer. Sein Fuß stieß gegen etwas Hartes.
“Ich hätt das Ding längst wegräumen sollen.” Otto schaute auf den Katzennapf, entschuldigte sich.
“Wieso? Lebt Mecki denn nicht mehr?”
“Nein.” Otto schüttelte mit dem Kopf. “Ist überfahren worden vor zwei Wochen. Ich hab ihn im Garten begraben, wegen Jasmin. Die nimmt sich das immer so zu Herzen, das Kind.”
Asmus Ahrholz kratzte sich am Kinn. “Du hast doch auch an dem Vieh gehangen, oder?”
Otto zuckte zusammen. “Na und? Ja.”
Des öfteren, erinnerte sich Asmus Ahrholz, hatte er Otto abends mit der Katze auf dem Schoß gesehen. Und einmal hatte Otto sogar den Tierarzt für sie geholt, wegen irgendeiner Augenentzündung - völlig überflüssig, wie Asmus Ahrholz fand. Katzen gehörten nun mal zum Hof, waren da zum Mäusefangen, und das war´s. Wurde eine krank, gab es halt eine andere. Und gefüttert wurde erst recht nicht. Aber Otto hatte das

anders gesehen, und das Mädchen auch. Na ja, die war eben noch ein Kind.
“Jasmin weiß gar nichts davon”, schaltete sich Teresa wieder ein, “wir haben ihr nichts erzählt. Aber nun komm. Und sag Jasmin nichts. Sie verträgt so was nicht. Das arme Kind. Und was heute hier passiert ist, ich darf gar nicht daran denken. Obwohl, die Geschichte mit der Tür ...”
“Was für eine Tür?”
“Ach ...”
“Da war nichts”, fuhr Otto dazwischen.
Sie gingen durch den Flur. Teresa öffnete die Tür zur Küche. Eine Bauernküche, groß und geräumig, gebaut für die Zeiten, als das Haus noch voller Dienstpersonal war. Am Kopf des großen Eßtisches thronte Klara Haßloch.
“Asmus ...” Klara Haßloch sah ihn mit versteinerter Miene an.
“Tag, Oma Klara. Schrecklich, was bei euch passiert ist.”
“Ja.” Sie nickte unmerklich. “Ja, das ist es.”
“Setz dich doch.” Teresa war an den Herd gegangen, begann mit Töpfen und Pfanne zu hantieren. “Nimm Platz, Asmus.”
“Ein Festessen.” Oma Klara sagte es voller Mißbilligung. “Mein Sohn stirbt, und du machst ein Festessen.”
“Ich ...” Teresa erstarrte. Fast wäre ihr der Topf aus der Hand gefallen. “Ich ...” Sie setzte den Topf hastig zurück auf den Herd. “Ich hatte doch schon gestern vorgekocht, Mutter, und da ...”
“Trotzdem, ein Festessen. Eine einfache Suppe wär richtiger gewesen.” Sie wandte ihren Kopf von Teresa ab. Das Thema war für sie erledigt. “Wie geht es dir, Asmus?”
“Mir?” Asmus Ahrholz grinste. Oma Klara war für ihre spitze Zunge bekannt. “Mir geht es gut. Aber was bei euch passiert ist ...” Er ließ den Satz in der Luft hängen.
Oma Klara zuckte erneut mit den Achseln, wandte sich wieder Teresa zu. “Wo ist Jasmin?”
“Die kommt gleich.”

“Otto erzählte, Willi war hier”, versuchte Asmus Ahrholz das Gespräch wieder in Gang zu bringen.
“Ja.” Oma Klara schaute jetzt Otto an. Ihre Miene drückte einen deutlichen Tadel aus. “Ich habe dir so oft gesagt, du sollst Willi hier nicht schlafen lassen. Habe ich das nicht, Otto?”
“Ich war das nicht. Das war Teresa.”
“Keine Ausrede.” Omas Stimme wurde beißend. “Du bist der Mann im Haus. Und ich hab´s dir gesagt. Solche Leute gehören nicht in unser Haus. Und jetzt ist mein Sohn tot. Mein Paul!”
“Du hast ihn eingeladen.” In Ottos Augen war plötzliche Wachheit zu spüren. “Du hast ihn wieder hierher geholt.”
“Er war mein Sohn.”
“Er war auch mein Bruder. Trotzdem hätte ich ihn nicht eingeladen.”
“Otto!” Otto verstummte.
“Er wollte Jasmin zurück haben”, warf Teresa ein. “Das war nicht gut von ihm. Er hat Jasmin nie gesehen. Er kann mir Jasmin nicht einfach wegnehmen. Das geht doch nicht, Mutter, wirklich nicht. Er hätte bleiben sollen, wo er war. Er hätte nicht kommen dürfen, Mutter. Wo er doch Jasmin ...”
Der Satz blieb unvollendet. Oma Klaras Augen glühten. “Er war mein Sohn - und euer Bruder.” Sie warf einen beißenden Blick auf die beiden. “Und jetzt ist er tot. Wo ist Jasmin?”
“Ich gehe und hole sie.” Teresa schien auf einmal froh, die Küche verlassen zu können.
“Und nun zu dir, Asmus. Sind die Zäune auf der Holzkoppel endlich repariert?”
“Sind sie, Oma Klara, sind sie.” Asmus Ahrholz mußte instinktiv grinsen. “War aber ´ne Menge Arbeit, Oma. Der halbe Zaun war rott. Und du weißt ja, der ganze Regen, bevor das mit dem Frost losging. Mein Junge und ich, wir sind ständig mit dem Trecker steckengeblieben. Aber ...”
“Man kann auch was mit der Hand machen. Aber dein Junge wird das nie lernen.”

“Also hör mal, Oma. Auf meinen Jungen ...”
Von oben ertönte ein Schrei. Teresa schrie. Mit einem Satz, der für seine Körperfülle überraschend war, stand Asmus Ahrholz auf den Beinen. Auch Otto sprang auf. Gemeinsam stürmten sie die Treppe hinauf.
“Da, seht!” Teresa stand zitternd an der Tür zu Jasmins Zimmer. “Seht doch!” Unter dem Lampenschirm in der Zimmermitte hing ein Teddybär. Jemand hatte ihm eine Schlinge um den Hals gelegt.
“Das war Jasmin.” Otto wandte sich schroff seiner Schwester zu. “Wo ist sie überhaupt?”
Asmus Ahrholz trat sanft an Teresa heran, legte ihr die Hand auf die Schulter. Das tote Stofftier sah erbarmungswürdig aus.
“Wo Jasmin ist? Ich weiß nicht. Woher soll ich das wissen? Wieso immer ich? Jasmin geht ihre eigenen Wege. Ich weiß nicht, Jasmin, sie ... sie ist nicht da.”

VIII.

“Da bist du endlich.” Lächelnd sah Frank Falke Oliver an. “Du bist zu spät. Aber dann können wir ja gleich anfangen. Hast du Jasmin gesehen?”
“Nö. Tut mir leid.” Oliver schlurfte davon, setzte sich zu den anderen.
“Na dann ...” Sie befanden sich im Innern der Kirche. Die Generalprobe des Krippenspiels sollte heute stattfinden. Und Jasmin ... Frank Falke war sich nicht sicher, ob sie überhaupt erscheinen würde. Wenn sie nicht kam, nun, er konnte das verstehen. Immerhin war heute nacht ihr Vater ermordet worden. Ich hätte Jasmin fragen sollen, schoß es ihm plötzlich durch den Kopf, fragen, ob sie kommt. Notfalls mußte er für heute Jasmins Rolle übernehmen. Danach allerdings ...
Falke wandte sich den Jugendlichen zu. Er saß auf den Altar-

stufen, während die Jugendlichen ihm gegenüber auf der ersten Bank Platz genommen hatten. Die kleine Gruppe wirkte verloren in der großen Kirche, die in der beginnenden Dunkelheit eine seltsame Mischung aus Verlassenheit und Geborgenheit ausstrahlte. Nur mühsam erleuchteten die Lampen die Fülle des Raumes. “Wir können im Grunde genommen anfangen. Ob Jasmin kommt ... mal sehen. Dann wollen wir mal.”
“Was ist mit mir?” Frank Falke drehte sich überrascht um. Jasmin stand in der Tür.
“Nichts. Ich wußte nicht, ob du heute kommst.” Er stand auf, ging ihr durch den Mittelgang der Kirche entgegen. “Schön, daß du da bist. Wie geht es dir?”
“Na ja ...” Jasmin zuckte mit den Achseln. “Vor der Kirchentür liegt ´ne tote Ratte, Herr Pastor.”
“Aber ...”
“Kann man in der Kirche verhaftet werden, Herr Pastor?” Jasmin reckte trotzig das Kinn vor.
“In der Kirche?” Frank Falke schluckte, sah sie intensiv an. “Warum fragst du das?”
“Ist doch egal.”
“Hast du Angst, daß du verhaftet wirst?”
“Nö.”
Frank Falke schüttelte den Kopf. Jasmin löste sich von ihm, ging auf die anderen zu, die vorne am Absatz zum Altarraum warteten. Er folgte ihr.
“Kommt, laßt uns jetzt anfangen”, wandte er sich an die Gruppe. “Heute ist unsere letzte Probe. Zieht jetzt eure Kostüme an, und dann ...”
Wenige Minuten später war die Generalprobe in vollem Gange. Die Jugendlichen waren tatsächlich fleißig gewesen, alles lief reibungslos.
Frank Falke hatte sich in eine der mittleren Bankreihen zurückgezogen, um die Aussprache und Lautstärke der Mitspieler besser überprüfen zu können. Das war das größte Problem, die

Jugendlichen soweit zu bringen, daß sie langsam und laut sprachen, zumal beim Gottesdienst am Heiligen Abend von stiller Andacht keine Rede sein konnte. Nicht nur die Kinder, vor allem ihre Eltern unterhielten sich oft während des ganzen Gottesdienstes. Frank Falke blickte nach vorn. Soeben betraten Josef und Maria den Altarraum, der nun ein imaginäres Bethlehem darstellte.
"Endlich sind wir in Bethlehem", ertönte Jasmins Stimme. "Aber wo sollen wir heute nacht schlafen, Josef?" Jasmin spielte die Rolle der Maria perfekt. Fast hätte man meinen können, Jasmin wisse tatsächlich nicht, wo sie diese Nacht verbringen würde.
"Ich weiß es nicht", erwiderte ein aufgeregter Josef. "Vielleicht finden wir noch einen Platz in einer Herberge." Das Paar beschrieb nun schweigend einen großen Kreis im Altarraum, schritt endlich auf die Tür zu, die zur Sakristei führte und jetzt als Wirtshaustür galt. Josef klopfte demonstrativ.
"Was wollt ihr?" Tobias, der den Wirt spielte, erschien in der Tür.
"Habt ihr einen Platz für zwei arme Leute, die nicht wissen, wo sie übernachten können?"
Tobias musterte die beiden von oben bis unten. "Kein Platz, und für solch Pack wie euch beide sowieso nicht!" Er machte seine Sache gut. Geräuschvoll schloß sich die Tür wieder.
"Ach Josef, ich hab Angst."
Urplötzlich war es wieder da, das Bild von den verschlossenen Türen. Frank Falke versank in Gedanken. Da war sein eigenes Erschrecken, als er am Morgen feststellte, im Zimmer eingeschlossen zu sein, die Stimmung, die von jenseits der Tür zu ihm herüberdrang, aufgeregt und ungläubig - und dann der Schrei von Frau Hellmann, sein instinktives Gefühl, helfen zu wollen ... und nicht zu können, bis Jasmin ihm aufgeschlossen hatte. Ausgerechnet Jasmin hatte ihm die Tür geöffnet. Er blickte nach vorn. Jasmin in den Kleidern der Maria. Ihre Angst

schien echt zu sein, war spürbar unter der Schale von Trotzigkeit. Einige der Kinder begannen plötzlich zu kichern.
“Sorge dich nicht, Maria.” Maria und Josef beschrieben eine weitere Runde im Altarraum. Das Kichern der Jugendlichen nahm zu. Hinter sich vernahm Frank Falke plötzlich ein Geräusch, das einem Grunzen nahekam. Josef blieb wie angewurzelt im Altarraum stehen. Jasmin blickte wütend die anderen Mitspieler an. Frank Falke drehte sich um. In der letzten Kirchenbank hatte ein Mann Platz genommen. Er hatte ihn nicht hereinkommen hören. Ein Landstreicher, dachte Falke. Erneut war das Grunzen zu hören. Nein, mehr noch, ein betrunkener Landstreicher. Das hatte ihm gerade noch gefehlt.
“Macht weiter!”
Erneutes Kichern der Jugendlichen als Antwort. Dennoch setzten Josef und Maria ihre Runde fort. Frank Falke stand auf und näherte sich empört dem Mann.
“Hallo.”
Der Mann schaute ihn ängstlich an. “Ich stör doch nicht, oder?”
“Sie ...” Frank Falke zögerte mit der Antwort. Eine absurde Situation, wurde im plötzlich bewußt. Vorne im Altarraum spielten die Jugendlichen das Schicksal von Maria und Josef nach, die in jener heiligen Nacht nirgendwo Aufnahme fanden, und er selbst war drauf und dran, diesen Mann hier aus der Kirche zu werfen. “Sie ... nein.” Er wandte sich von dem Mann ab, ging einige Schritte auf die Jugendlichen zu. “Spielt weiter!”
Wieder ein Blick zurück. Der Landstreicher saß nach wie vor friedlich auf der Bank, abgesehen von vereinzelten Grunzgeräuschen, die nach wie vor zu hören waren. Irgendwie kam ihm das Gesicht plötzlich bekannt vor, ohne daß er es hätte einordnen können. Einer aus dem Dorf, aber wer? Er schüttelte den Kopf. Die Jugendlichen hatten das Spiel wieder aufgenommen, versuchten, nicht hinzuschauen.
“... Wenn ihr mit einem Stall zufrieden seid?” fragte soeben der dritte Wirt.

“Bravo!” ertönte es von hinten.
So ging es nun doch nicht weiter. Frank Falke stand erneut auf, ging wieder zu dem ihm Unbekannten. “Sie müssen leise sein, wenn Sie hierbleiben wollen.”
“Tschuldigung. Is schön warm hier.”
“Wir proben gerade.”
“Gut. Machen die gut.”
“Sind Sie bitte leise, ja? Sie stören die Jugendlichen sonst.”
“Oh.” Dem Landstreicher schien es ernsthaft leid zu tun. Frank Falke begab sich wieder zu seinem Platz. Hinter ihm herrschte jetzt Stille.
“Eine sonderbare Nacht”, bemerkte gerade einer der Hirten.
Der Rest der Generalprobe verlief reibungslos. Keine störenden Geräusche waren mehr wahrzunehmen. Endlich kam das Schlußbild. Josef und Maria im Stall mit Krippe und Kind, davor die knienden Hirten und Könige, hinter der Szene die Engel. Falke klatschte Beifall. Die Jugendlichen hatten ihre Sache gut gemacht.
“Ey, da bist du ja!” Oliver, jetzt ein Hirte, löste sich aus der Szene. Falke war irritiert, blickte hinter sich. Ein Mann in Polizeiuniform stand im Eingang. Der Landstreicher drückte sich mit ängstlichem Gesicht am Opferstock vorbei, der ebenfalls im Eingangsbereich stand.
“Was wollen Sie hier?” Jasmins Angst fiel ihm sofort ein. Kann man in der Kirche verhaftet werden? “Was wollen Sie ...” Er brach ab, verstand plötzlich. Der Vater von Oliver war beim Bundesgrenzschutz. Herr Köster holte seinen Sohn von der Probe ab. So in Uniform hatte Frank Falke ihn nicht erkannt. Wahrscheinlich war er direkt vom Dienst hergekommen.
Herr Köster machte einige Schritte in die Kirche hinein. Hinter ihm fiel krachend die Tür ins Schloß. Der Landstreicher hatte die Kirche verlassen.
“Entschuldigung ...” Frank Falke begrüßte den Vater, wandte sich noch einmal den Jugendlichen zu. “Das habt ihr gut ge-

macht! Wenn es übermorgen auch so gut geht, na dann ist alles bestens."
"Klar, Herr Pastor."
"Keine Sorge. Wir waren gut, was?"
"Aber ja." Frank Falke stand auf und ging den Jugendlichen entgegen. Letzte Absprachen wurden getroffen, gute Wünsche für den Heimweg mitgegeben, dann war er allein. Auch Oliver hatte mit seinem Vater die Kirche verlassen. Falke hatte den Eindruck gehabt, daß Jasmin ihm noch etwas sagen wollte, es aber dann doch unterlassen hatte. Er setzte sich noch einmal in eine der Bänke. Die Dunkelheit der Kirche lastete auf ihm. Dieses ganze unheimliche Geschehen. Und in zwei Tagen war Heiligabend. Dann würde hier in dieser Kirche ein lautes, vielleicht auch fröhliches Treiben herrschen. Der Platz würde knapp sein, die Menschen schon rund eine Dreiviertelstunde vorher kommen, um noch einen guten Sitzplatz zu ergattern. Einmal im Jahr ... und dann wieder die Leere.
Er ging zum Sicherungskasten in der Sakristei, löschte die Lichter. Der vor ihm liegende Abend zog in seinen Gedanken an ihm vorbei. Er würde sich an die Predigt machen müssen, eine Aufgabe, die eigentlich schon längst hätte erledigt sein sollen. Ach ja, und dann war da noch die Einladung zur Generalprobe bei der Concordia. Das Silvesterkonzert, nun, es mußte auch einmal ohne den Beifall des Pastors gehen. Vermutlich würde ihn sowieso niemand wirklich vermissen. Aber das wußte man nie so genau. Allgemein wurde auf die Anwesenheit des Pastor stets Wert gelegt, wenn auch niemand sagen konnte, warum.
Frank Falke schloß die Kirchentür von außen ab, wollte gehen. Sein Fuß stieß gegen irgend etwas Weiches. Im schwachen Licht der Außenlampen konnte er es nur schwer erkennen. Es war eine tote Ratte

IX.

“Menschenskinder, das ratet ihr nie!”
Heiner Langmaack sah triumphierend die kleine Gesellschaft an. Sie saßen im Vereinshaus der Concordia, gönnten sich nach der anstrengenden Chorprobe für das Silvesterkonzert noch ein Bier, ein wenig Geselligkeit. Asmus Ahrholz war dabei, der Küster Alfred Langbehn, die Bürgermeisterin Renate Roßmann und Magda Hinrichsen, fünfundachtzig Jahre alt, die zwar nicht mitgesungen hatte, aber den Verein in allen Lebenslagen begleitete.
“Das ratet ihr nie! Also, wie ich mit dem Schneepflug zu Otto hin, Menschenskinder, ich hatte schon so´n komisches Gefühl, weiß auch nicht, warum, und wie ich dann Willi entlangkommen seh, na, da war ja alles klar.”
“Nun mach mal halblang.” Asmus Ahrholz musterte Heiner Langmaack mit kritischem Blick, setzte das Bierglas ab. “Du willst uns doch nicht erzählen, daß du das schon in deinem Knie gespürt hast, daß da einer ermordet worden ist.”
“Aber wenn ich euch das sage. Also, wie ich den Willi da seh, gehetzt wie ein gejagtes Tier, also da ...”
“Willi kann einem leid tun”, warf die Bürgermeisterin dazwischen. “Ich war ja neulich bei Willi, in seiner Bude, und da ...”
“Aber er hätte ja Paul nicht gleich abstechen müssen!” konterte Asmus Ahrholz.
“Wieso, weißt du doch gar nicht, ob er das war.”
“Na, wer denn sonst?”
“Vielleicht”, unerwartet begann Alfred Langbehn, der Küster, zu kichern, “vielleicht wollte Willi auch mal richtig Weihnachten feiern.”
“Was soll das denn?”
“Na, daß Willi kein Geld hat, weiß doch jeder. Und letztes Jahr, da war ich bei ihm, wegen dem Grab seiner Mutter, das muß so drei, vier Tage nach Weihnachten gewesen sein, und da ...”

“Wollt ihr die Geschichte von Paul nun weiterhören?” Heiner Langmaack blickte unzufrieden in die Runde.
“Was war denn bei Willi zu Hause?”
“Na eben nichts, das war´s ja.” Alfred Langbehn grinste. “Nichts, nur eine einzige Kerze, das war alles von Weihnachten. Und ich glaub, die Kerze ist sowieso da, weil er ja keinen Strom hat. Und lumpig alles, sag ich euch, und da ...”
“Willi kann einem leid tun”, die Bürgermeisterin nickte, “sagte ich doch schon.”
“Willi hier, Willi da. Also ich will euch mal sagen, das mit Willi, das war ja noch nicht alles.” Heiner Langmaack nickte heftig, zog das Gespräch wieder an sich, griff seinerseits nun zum Bierglas. “Also hört zu. Also ich komm mit dem Trecker da an, und Otto ist noch nicht draußen, obwohl das schon komisch ist, wo Otto doch sonst immer so früh raus ist, und die Kühe müssen ja auch gefüttert werden, wißt ihr ja, seine Schwarzbunten, und wie gesagt, Willi war auch schon weg.” Heiner Langmaack geriet in Fahrt, hatte die Zuhörer jetzt in seinem Bann. “Ich stell also den Trecker ab, da seh ich die Spuren von Willi, und ansonsten alles blütenreiner Schnee. Nichts, wirklich gar nichts sonst. Alles fein, wie ein weißes Handtuch. Keine Spuren. Na, dann bin ich rein, zur Küchentür, die ist ja immer offen, und ich rufe, aber keine Antwort, keiner da, wie es scheint. Dann bin ich weiter, rein in den Flur und dann ins Wohnzimmer, aber da hatt ich schon so´n komisches Gefühl, die Stiefel hatt ich natürlich ausgezogen, und dann ...” Heiner Langmaack machte eine kunstvolle Pause. “Tja ...”.
“Nu erzähl schon!”
“Was war denn?”
“Na, ich also die Tür aufgemacht. Und da sitzt er vor mir, der Paul - wußt ich gleich, daß er´s ist, obwohl es ´ne Ewigkeit her ist, wie ich ihn das letzte Mal gesehen hab - und mit ´nem Messer in der Brust. Irgendwie komisch, so als ob der noch lebte, ganz gemütlich in seinem Sessel, die Bierflaschen vor ihm, die

Fernbedienung daneben, und das Portemonnaie offen. Also fand ich schon komisch, das mit dem Portemonnaie. Ich mein, ich will ja nichts sagen, von wegen Willi und so ... und eben das Messer in der Brust, das Blut überall ... war kein schöner Anblick. Ganz erstaunt geguckt hat er, so, als ob ihm jemand an die Wäsche wollte, und war ja auch so. Daß er tot ist, das hab ich gleich gesehen."
"Ehrlich?"
"Na, ich weiß nicht."
"Na, ich werd doch noch ´nen Toten erkennen, wenn ich einen seh. Ist ja auch nicht das erste Mal. Wißt ihr noch, wie wir den Panecke gefunden haben, oben im Gebälk der Kirche? Ich mein, von dem waren ja nur noch die Knochen übrig, da gab´s nichts zu raten, von wegen tot und so.* Aber was ich sagen wollte, ich also raus aus dem Wohnzimmer, zur Treppe hin, und dann kamen sie ja auch. Und wißt ihr was, der Pastor war auch da, aber den hatten sie eingesperrt in sein Zimmer. Muß wohl der Mörder gewesen sein. Tja", Heiner Langmaack warf erneut einen triumphierenden Blick in die Runde, "tja, so war das."
"Ist ja schrecklich."
"Der hätte auch mal kommen können heute abend, oder?"
"Wer?"
"Na, der Pastor!"
"Ach was, der ist doch fix und fertig, glaubt mir. Mit ´ner Leiche im Haus ..."
"Mensch, der Paul, wißt ihr noch ..."
"Kaum ist er wieder da, ist er schon tot. So kann´s kommen."
"Der Paul, ja. Hat Klara damals das Herz gebrochen, als der verschwunden ist." Magda Hinrichsen sagte es mit leiser Stimme. "Ich weiß das noch ganz genau."
"War schon komisch", Asmus Ahrholz machte ein nachdenkliches Gesicht, "wie der Paul verschwunden ist. Das war doch kurz nach dem Einbruch bei Emil. Ich will ja nicht sagen, daß Paul das getan hat, aber ..."

* *»Wenn der Tod tanzt«*

“Vier Tage, um genau zu sein”, fuhr Heiner Langmaack dazwischen. “Ich weiß noch ...”
“Einen Tag nach Emils Tod”, Asmus Ahrholz zog das Wort wieder an sich, “dabei war Emil so´n netter Kerl. Ich hab ihn immer gut leiden können. Ich hab ihn ja auch gefunden nach dem Überfall, am nächsten Morgen, wie er so dalag auf dem Flur. Konnte sich kaum rühren, und die Wunde auf dem Kopf, also so was Häßliches hab ich lang nicht mehr gesehen.”
“Hat Emil sich nicht totgefahren?” fragte die Bürgermeisterin.
“Genau, drei Tage später.” Asmus Ahrholz nickte. “Ich habe immer wieder zu Emil gesagt: ‘Bleib doch noch liegen, du mit deiner Wunde.’ Aber nein, er mußte ja unbedingt hoch. Und dann ist es passiert.”
“Hat ein schönes Grab.” Alfred Langbehn nickte ebenfalls. “Eins der schönsten auf unserem Friedhof. So sauber! Also ich sag immer wieder, wenn alle Gräber so aussähen wie das von Emil, also dann ...”
“Na, das macht auch Klara.” Heiner Langmaack nickte. Als stellvertretender Kirchenvorstandsvorsitzender wußte er das.
“Klara macht das?” Asmus Ahrholz blickte überrascht auf. “Wieso das denn?”
“Weiß auch nicht.” Alfred Langbehn zuckte mit den Achseln. “Emil war ja Junggeselle, und als da keine Angehörigen waren ... Jedenfalls hat Klara dann die Grabpflege übernommen. Und immer akkurat, das kann ich euch sagen.”
“Klar, was Klara anpackt, hat Hand und Fuß.”
“Ich erinnere mich noch gut”, wieder zog Magda Hinrichsens leise Stimme alle in ihren Bann, “war ein schlimmes Jahr für Klara. Im Herbst davor war Walter, ihr Mann, gestorben und ein paar Monate darauf Emil und dann ist Paul weg. Der jüngste Sohn für immer verschwunden. Auch wenn er ihr nicht nur Freude gemacht hat, der Paul. Am Jüngsten hängt man doch immer besonders. Ich weiß, wovon ich rede. Aber immerhin, ich danke Gott, daß ich meinen Hinrich noch habe.”

“Paul war schon ein kleiner Deibel.” Asmus Ahrholz grinste. “Was der Bengel in seinem Alter alles schon an Weibergeschichten hatte. Und die Autos, wißt ihr noch? Der hat in zwei Jahren mindestens vier Autos kaputtgefahren. Sportwagen, protzige Dinger. Wo der das Geld bloß herhatte. Ich hab mich auch immer gewundert, daß Klara nie was gesagt hat, wo sie doch sonst immer so streng ist. Na ja, Jüngster müßte man sein.” Asmus Ahrholz drehte sich in Richtung Tresen. “Noch ´ne Runde!” Und wieder zu den anderen gewandt: “Ich war immer der Älteste.”
“Sag mal, Magda”, Renate Roßmann rieb sich nachdenklich mit den Fingern an der Stirn, “was meinst du damit, war schwer für Klara, daß Emil tot war? Die beiden haben sich doch nie so recht leiden können. Walter, Klaras Mann, war mit Emil befreundet, oder, Klara? Da kann ich mich nicht dran erinnern. Und mit der Grabpflege, Magda, ich frage mich, ob Klara sich nicht verantwortlich fühlt, falls da eben doch etwas war mit Paul und dem Einbruch. Oder was wolltest du sagen?”
Das Bier wurde gebracht. “Ich weiß noch”, Heiner Langmaack griff nach dem Bierglas, “wie Otto oft sauer war auf Paul, regelrecht eifersüchtig. War ja auch kein Wunder, Otto am Schuften auf dem Hof, Teresa ebenfalls, und Paul mit Mädchen und Sportwagen unterwegs. Also ich hätte das meinem Sohn nicht durchgehen lassen.”
“Nun mach mal halblang.” Asmus Ahrholz tat einen kräftigen Zug aus dem Bierglas. “Und was war damals mit deiner protzigen BMW? Wie du mit dem Motorrad und deiner Renate durchs ganze Dorf gedüst bist und dein Vater mit dem Stecken hinter dir her, gebrüllt hat er vor Wut.”
“Ach damals, da war ich halt jung. War ein schönes Ding, die alte BMW.”
“Und weißt du noch, wie du mit Renate ...”
“Nu reicht´s!” Ein Anflug von echtem Ärger ließ sich plötzlich auf Heiner Langmaack nieder.

“Wie war das nun”, Renate Roßmann nutzte die Pause, kam auf ihre Frage zurück, “mit Klara und Emil damals? Wie war das, Magda?”
“Ach Mädchen”, ein kurzes Lächeln huschte über Magda Hinrichsens Gesicht, “Emil mochte Klara, ja, das ist wahr ... Ach, laß die alten Geister ruhen. Du mußt auch nicht alles wissen ...”

23. DEZEMBER, MITTWOCH

X.

Sie wußte nicht, wie sie hierhergekommen war. Langsam tauchte ihr Bewußtsein aus dem Nebel auf. Es war Nacht. Sie war im Wohnzimmer. Jasmin starrte auf ihre Hände. Die eine Hand zur Faust geballt, umklammerte die andere den Brieföffner, der normalerweise auf ihrem kleinen Schreibtisch seinen Platz hatte. Sie erschrak, sah ihren Arm zum Stoß erhoben, kurz davor, auf ein unbekanntes Opfer herunterzusausen. Angst machte sich in ihr breit. Sie hatte ein Nachthemd an, wie sie jetzt bemerkte. In den schwarzen Fensterhöhlen hing der Vollmond. Der Nebel in ihrem Kopf lichtete sich ein weiteres Stück.

Ein Schrei ... Jemand hatte geschrien. Jasmin sah zur Tür, sah in das entsetzte Gesicht ihrer Mutter. Langsam flutete die Realität in ihren Körper zurück.

"Jasmin", die verstörte Stimme ihrer Mutter erreichte sie, "Jasmin, was machst du hier? Du hast mich zu Tode erschreckt. Und dieser Dolch da ..."

Fragen, lauter Fragen ... Sie wußte nicht, was sie hier machte. Sie war eingeschlafen in ihrem Bett, ein dunkler Traum hatte sie bedrängt, und nun ...

"Jasmin, was ist denn, bist du wach, Jasmin?"

"Ja." Es war nicht die Wahrheit.

"Jasmin, wie kannst du nur in dieses Zimmer gehen? Niemand von uns ist in dieses Zimmer gegangen, seit ..."

Zehn Minuten später lag sie wieder in ihrem Bett. Mitternacht war seit einer halben Stunde vorbei, sie versuchte einzuschlafen, ohne es zu können. Ihr Erwachen im Wohnzimmer, ihre Ahnungslosigkeit, wie sie dorthin gekommen war. Ihre Mutter hatte von Schlafwandeln gesprochen, eben, vorhin, als sie sie ins Bett zurückgebracht hatte. Der Vollmond ... War sie gestern nacht auch schlafwandlerisch unterwegs gewesen? Alles Blödsinn! Der Gedanke bedrängte sie. So etwas gab es nur in Mysteryserien, in "Akte X" und so weiter. Blödsinn! Aufzuwachen und nichts zu wissen. Wieder das Bild, wie sie im Wohnzimmer wach wurde. Alles schien darauf hinauszulaufen, daß sie Paul getötet hatte. Zumindest schienen das alle zu glauben. Die Polizistin fiel ihr wieder ein, die am Abend zu ihnen gekommen war. Sie hatte schon auf sie gewartet, als sie nach der Probe des Krippenspiels nach Hause kam. Die Polizistin hatte nur mit ihr sprechen wollen und mit niemandem sonst aus der Familie. Nach dem Gespräch aber hatte die Polizistin noch lange in der Küche mit Mutter, Oma und Onkel Otto zusammengesessen. Sie war freundlich gewesen, dennoch ... Warum sie sich am Abend zuvor in ihrem Zimmer eingeschlossen hätte, hatte sie wissen wollen, warum sie ihren Teddybär an der Lampe aufgeknüpft hätte - ein albernes Wort: aufgeknüpft - und wohin sie in der Mittagszeit verschwunden wäre. Jasmin fühlte, wie sich mehr und mehr die Schlinge um ihren Hals legte. Ihr wäre danach gewesen, hatte sie der Polizistin auf die Frage nach dem Teddybär geantwortet, das war die verdammte Wahrheit, und sie sei einfach spazierengegangen mittags, aber konnte das verbohrte Hirn einer Polizistin so etwas überhaupt begreifen? Und jetzt das Erlebnis in der Nacht. Vielleicht hatten sie ja alle recht, recht mit ihren Fragen, ihren Verdächtigungen, ihrem Wohlwollen, als ob sie noch ein Kind sei, das nicht wisse, was man tut. Vielleicht aber ... vielleicht wußte sie es ja wirklich nicht. Mit dem Messer in der Hand ... nachts ... das fiese Ekelpaket von Paul, schlafend ... Vielleicht? Doch ... ging das überhaupt, im Schlaf aufzustehen, hinunterzugehen, zu Paul, dem schrecklichen, der ihr Vater sein sollte, und dann ... nichts zu wissen? Aber ja, sie hatte es gewußt. Beim Aufstehen hatte sie Bescheid gewußt: Paul war tot. Sie hatte es gewußt.

XI.

Frank Falke wußte nicht weiter. Es war kurz vor eins in der Nacht. Besinnungslos brütete er über seiner Predigt, saß auf seinem Stuhl, erhob sich, ging im Zimmer auf und ab, setzte sich wieder. Annette lag schon längst im Bett, schlief wahrscheinlich schon seit über zwei Stunden. Er hatte sich vorgenommen, die Predigt noch in dieser Nacht zu Ende zu bringen, hatte sich am Abend in sein Arbeitszimmer zurückgezogen, in der Hoffnung, bald fertig zu sein, doch vergeblich. Statt dessen hatte er angefangen, Annettes Weihnachtsgeschenk zu vollenden. Aus ihm unbegreiflichen Gründen liebte Annette die Dadaisten, Duchamp, Arp, Max Ernst, Kurt Schwitters und andere, Künstler jener Epoche, die alle Konventionen gesprengt und sich der Sinnlosigkeit dieses Jahrhunderts gestellt hatten. Frank Falke hatte sich aus der Stadtbibliothek Gedichtbände besorgt und die seiner Meinung nach schönsten Gedichte für Annette abgeschrieben. Heute abend hatte er nun versucht, die einzelnen Blätter zu einem Heft zusammenzubinden. Da sein handwerkliches Geschick begrenzt war, hatte er volle zwei Stunden mit dem Versuch zugebracht, wohl wissend, daß er sich vor der eigentlichen Arbeit drückte, den Blockaden nachgab, die sich in seinem Kopf aufgebaut hatten. Heiligabend, der Tag erschien ihm unendlich fern und doch so nah zugleich.
Und nun war es Nacht - und immer noch zeigte sich nicht die kleinste Idee für eine Predigt. Kein Wunder, nach allem, was geschehen war. Den krönenden Abschluß hatte die tote Ratte vor der Kirchentür gebildet. Er konnte nicht sagen, warum ihn ausgerechnet dieser Fund so verwirrte. Und dennoch, in eineinhalb Tagen war Heiligabend, und keine Entschuldigung würde ausreichen, ohne Predigt vor die Gemeinde zu treten. Es mußte ihm einfach etwas einfallen.
Er begann in den alten Papieren zu suchen. Entwürfe für mißlungene Predigten. Er war unkonzentriert, Erinnerungen be-

drängten ihn: der Tag, die Nacht, der Abend vorher, das Erschrecken am Morgen. Die entsetzliche Gewißheit, daß ein Mensch, den er kannte, einen Mord begangen hatte. Die verschlossenen Türen, immer wieder die Türen. Wer hatte sie verschlossen und warum?

Er schaute erneut auf seine Papiere. Der Mordfall aus Kiel, plötzlich, unerwartet die Idee. Er mußte über den Mord sprechen, nein, nicht über den in Kiel, sondern über den, der gerade vor ihrer Haustür geschehen und dessen Zeuge er geworden war. Er sah die Gemeinde vor sich, halb lüstern, neugierig, den Pastor zu sehen, der dabeigewesen war, halb erschrocken und angewidert, daß solche Dinge nun ihre kleine, heile Welt berührten, und zugleich sehnsüchtig nach Weihnachten. Ja, die Idee für die Predigt war richtig gewesen, nur der Fall war falsch. Er würde über den Mordfall sprechen, berichten vom Anblick des Toten, davon, daß das Schreckliche geschehen war. Dann würde er auf Heiligabend zu sprechen kommen, auf die Sehnsucht aller nach einer heilen Welt, die, dessen war er sicher, die geheime und große Triebkraft des gesamten Weihnachtsfestes war. Und dann würde er den Text auslegen, daß eben das Geschehen von Weihnachten, die Menschwerdung Gottes, die Glaubenden in Zucht nehmen wolle in einer Welt, die weder heil noch gottesfürchtig sei. Weihnachten war kein Zuspruch, zumindest nicht allein, sondern ebensosehr eine Aufgabe. Heiligabend als Forderung an das eigene Ich, genau, das war der Text, das war die Predigt. Er griff nach einem weißen Blatt Papier, begann in atemberaubender Geschwindigkeit zu schreiben. Niemand außer ihm würde diese Hieroglyphen später entziffern können. Es spielte keine Rolle. Der Schreiber tanzte über das Papier.

"Immer noch am Arbeiten?"

Erschrocken drehte er sich um. Annette stand im Morgenrock in der Tür. Gut sah sie aus - er hatte sie nicht kommen hören.

"Bist du wach geworden?"

Annette nickte.
“Warte noch einen Moment.” Annette kam auf ihn zu, fuhr ihm zärtlich mit der Hand durch das Haar, setzte sich leise in einen der beiden Sessel. Sie wartete. Zehn Minuten später legte Falke erschöpft den Schreiber zur Seite. Ein großer, tiefer Seufzer entfuhr ihm.
“Fertig.”
“Das ist schön.”
Er wandte sich Annette zu. Es kam selten vor, daß er des Nachts noch solche Gewalttouren auf sich nahm. “Du bist wach geworden?”
“Es hat mir keine Ruhe gelassen. Alles, alles, was geschehen ist, Frank. Ich ... ich habe nachgedacht.”
“Worüber?”
“Über dich. Hast du schon darüber nachgedacht?”
Er verstand sie nicht, fragte nach.
“Weißt du, Frank, dies ist ja nicht der erste Mordfall, mit dem du zu tun hast. Es ist, warte, es ist dein fünfter Fall. Nein, widersprich nicht. Das ist es ja eben. Immer wieder wirst du in solche Fälle verwickelt. Und warum? Ich frage mich, was ist der Sinn dahinter? Was ist deine Aufgabe, Frank?”
“Meine Aufgabe?”
“Das Leben ist nicht zufällig. Nicht im wirklichen Sinn. Alles bedeutet etwas. Nun”, Annette lächelte, “vielleicht nicht wirklich alles. Aber das meiste. Die entscheidenden Dinge. Fünfmal, Frank, ist dir in den letzten Jahren der Tod begegnet. Nicht irgendein Tod, nicht der Tod, der zu deinem Beruf gehört, deine dreißig Beerdigungen im Jahr, sondern Mord. Du hast im Zug gesessen, als ein Mensch auf die Schienen gestoßen wurde, ein Mensch ist zu dir gekommen, um dir seinen Mord anzukündigen,* und die anderen Fälle. Und all das soll ohne Bedeutung sein? Nein, Frank, es hat mit dir zu tun. Es ist eine Aufgabe, eine Herausforderung, ich weiß nicht, wie ich es beschreiben soll. Und nun dieser Mordfall. Sieben Menschen

* *»Gut-Besser-Tot« und »Wer flucht für alle Ewigkeit«*

schlafen in einem Haus, und am nächsten Morgen ist einer von ihnen tot. Und wieder bist du dabei. Frank, ich glaube ..."
"Sei still!"
Verblüfft schaute Annette ihn an. Der rauhe Tonfall tat ihm leid. "Ich ... Nein, nicht, was du denkst. Ich habe etwas gehört, glaube ich." Er flüsterte es.
"Etwas gehört?"
"Sei doch leise, bitte!"
Angestrengt lauschte er in die Nacht. Annette lauschte jetzt ebenfalls. Vollkommene Stille. Er hatte wirklich geglaubt, drüben bei der Kirche etwas gehört zu haben. Ein seltsames Geräusch, aber nun ...
"Tut mir leid, ich habe mich wohl geirrt."
"Willst du nachsehen?"
"Nein, ach was ... Dabei habe ich wirklich eben geglaubt, ich hätte drüben bei der Kirche etwas gehört. Na ja ..."
"Du bist müde, nicht wahr?"
Frank Falke nickte. "Tut mir leid, Annette, aber ich bin erledigt."
"Laß uns zu Bett gehen." Sie erhoben sich. "Und mit meiner Frage, Frank, denk noch einmal darüber nach. Du mußt dich entscheiden, glaube ich."
"Ja ... ja", plötzlicher Zorn durchwallte seine Stimme, "ja, entscheiden - entscheiden, was das alles mit mir zu tun hat. Ob ich ein Todesengel bin", Annette starrte ihn entgeistert an, "ob der Tod, der gewaltsame Tod, wie du betonst, für mich eine besondere Bedeutung hat. Vielleicht bin ich ja zum Detektiv berufen, eine Art gehobener Inquisition, ja, vielleicht!"
"Frank!" Annette schrie beinahe.
"Eine neue Aufgabe, ja, als ob ich nicht genug zu tun hätte. Jetzt soll der Tod auch noch dazugehören! Oh, nicht jeder Tod, der schreckliche Tod, nicht wahr? Passend mit einer kleinen Gemeindepredigt, eine der besonderen Art. Hier spricht jemand, der dabeiwar. Damit sie endlich mal wieder in die Kir-

che kommen, Action statt Langeweile, Augenzeugen berichten. Oder vielleicht ein Seelsorger für die Täter, eine Art Pater Brown, Sünder unter Sündern, wenn ich mich recht erinnere, um die Seelen zu läutern. Notfallseelsorge für den, der übrig bleibt. Ich schaffe es ja nicht einmal, meine eigene Seele zu läutern. Aber das mit dem Sünder, das stimmt schon mal. Doch der Rest ..." Sein Zynismus brach ebenso abrupt in sich zusammen, wie er ihn überfallen hatte. Er holte tief Luft. "Es tut mir leid. Es mußte irgendwie heraus, tut mir leid."
"Frank, du bist erschöpft."
"Ja, das bin ich wohl. Und deine Frage, ich weiß nicht, natürlich, doch, doch, ich werde darüber nachdenken."

XII.

Nachdenklich wiegte Alfred Langbehn den Kopf hin und her. Der Küster schien unentschlossen.
"Der ist zu groß."
"Ach was." Heiner Langmaack zeigte auf einen anderen Tannenbaum. "Und der?"
"Der ist zu klein."
"Und der?"
"Zu dünn."
Sie befanden sich im Tannenwäldchen, das der Kirchengemeinde gehörte. Es war zehn Uhr vormittags. Zu den Aufgaben des Küsters gehörte es, den passenden Weihnachtsbaum für die Kirche auszusuchen. Und wie jedes Jahr, hatte sich auch diesmal Heiner Langmaack bereit erklärt, dem Küster dabei zu helfen.
"Nun mach mal halblang. Irgendeiner von den Dingern wird doch schon für unsere Kirche richtig sein."
Heiner Langmaack rieb sich die Hände, versuchte seine Gliedmaßen am Körper zu wärmen. Eisige Kälte hatte über Nacht

eingesetzt. Nachdem gestern überraschend Tauwetter geherrscht hatte, war in der Nacht die Kälte zurückgekehrt. Der halbgefrorene Schnee war jetzt zu Eis erstarrt. Die Bäume bogen sich unter den eisigen Lasten.
"Von wegen, einer wird schon richtig sein", Alfred Langbehn geriet regelrecht in Fahrt, "das stellst du dir so einfach vor. Aber du mußt ja deinen Kopf auch nicht hinhalten. 'Warum hat denn der Baum so dünne Äste, Herr Langbehn?' Ob wir mit den Kerzen sparen müssen und so weiter. Und letztes Jahr die Beinhardt, die ist überhaupt die Schlimmste von allen, die hat ja wohl kein gutes Stück an meinem Baum gelassen. Ob die Kirche sich denn keinen ordentlichen Baum leisten kann, ob ich den selber ausgesucht hab und ob sie mir das nächste Jahr vielleicht helfen soll, damit der Baum etwas besser aussieht. Mann, war ich froh, als die wieder draußen war. Nee du, auf meinen Baum laß ich nichts kommen."
"Ist ja schon gut. Und der da drüben? Ist der gut?"
"Ja, vielleicht. Laß mal sehen."
Die Männer stapften durch den verharschten Schnee. Knirschende Geräusche waren unter ihren Füßen zu hören.
"Nee, doch nicht, der ist zu kurz."
Das kann ja heiter werden, dachte Heiner Langmaack. Gerede hin oder her, allmählich übertrieb es Alfred mit seinen Bäumen.
"Da hinten ist einer." Alfred Langbehn zeigte auf das Ende des Wäldchens. "Der könnte es sein."
"He, hast du das gesehen?"
"Was denn?"
"Da ist einer, glaube ich." Heiner Langmaack begann aufgeregt durch den Schnee zu laufen. "Da!"
Der Küster eilte hinterher.
"Hier ist niemand."
"Guck doch!"
Tatsächlich war in der Ferne ein Mann zu sehen, der sich in eiligen Schritten durch das Wäldchen entfernte. Sekunden später

war er verschwunden. Heiner Langmaack blieb stehen, war außer Atem geraten. Hindernisläufe waren in seinem Alter nicht mehr das Beste.
“Menschenskind, das war der Willi, glaub ich.” Heiner Langmaack atmete schwer.
“Willi? Ich weiß nicht.” Der Küster war nicht überzeugt. “Der ist doch sonst nicht so flink.”
“He, sieh mal die Spuren hier.” Heiner Langmaack zeigte auf den Boden. Der harte Schnee wies tatsächlich zahllose Fußspuren auf. Alles ließ darauf schließen, daß jemand sich hier für längere Zeit aufgehalten hatte. Auch Alfred Langbehn war beeindruckt.
“Tatsächlich.”
“Hier in der Nähe hat doch Asmus seinen alten Schuppen. Du, ich sag dir, da hat Willi übernachtet. Ich muß Asmus mal sagen, daß er das Ding abschließen soll. Ist zwar nicht meine Sache, aber trotzdem.”
“Meinst du, daß Willi da war? Na ja, vielleicht. Du ...” Aufregung schien plötzlich Alfred Langbehn zu befallen. “Du, Heiner, guck mal da drüben.” Alfred Langbehn deutete energisch auf einen kleinen, abgesägten Weihnachtsbaum am Rande der Schonung. “Das war doch nicht Willi eben, nee du, da hat mal wieder einer versucht, sich heimlich ´nen Tannenbaum zu holen. Passiert nicht das erste Mal.” Der Küster machte ein grimmiges Gesicht. “Die meinen immer, mit der Kirche können sie es ja machen. Einfach in die Schonung gehen und einen absägen. Und nachts wird der dann abgeholt. Kenn ich. Aber weißt du was, dem vermasseln wir die Tour. Den nehmen wir mit für den Pastor, den Baum, der hat bestimmt noch keinen, wie ich ihn kenne. Letztes Jahr ist er noch am Heiligabend losgelaufen, um sich ´nen Baum zu suchen. Komm!”
“Und was ist nun mit der großen Tanne für die Kirche?”
“Die ist in Ordnung.” Na endlich, dachte Heiner Langmaack, das wurde auch Zeit. Und die Idee mit dem Baum für den Pa-

stor war gut. Aber warum war Willi davongelaufen? Nun, die Antwort konnte man sich selbst geben. Auch wenn Heiner Langmaack diese Antwort nicht gefiel. Trotz alledem wollte das Bild eines mordenden Willi Tassen nicht in seinen Kopf.

Schweigend machten sich die beiden Männer an die Arbeit, nahmen die Säge, fällten die rund vier Meter hohe Tanne fachmännisch. Schließlich schleppten sie den Baum mühsam zum Hänger, holten anschließend die kleinere Tanne für den Pastor. Heiner Langmaack und Alfred Langbehn bestiegen den Trecker.

"Schöner Baum, diesmal wird das kein Gemeckere geben."

"Und ich könnte schwören, ich hätte Willi gesehen."

"Ach was, den haben sie doch längst."

Ein Auto kam den Feldweg entlanggefahren, bremste rasant. Otto Haßloch stieg aus. "Habt ihr Willi gesehen?"

"Ja."

"Nein."

"Also was nun?" Otto Haßloch schaute die beiden verblüfft an. Heiner Langmaack erläuterte.

"Ich mein auch, ich hätte Willi vorhin gesehen." Otto nickte. "Ich bin ja hinterhergefahren - dem Mörder meines Bruders!"

"Bist du sicher?"

"Er ist in dem Zimmer gewesen. Sagt die Polizei. Sie haben seine Spuren irgendwo gefunden. Und das Portemonnaie war auch leer. Na, und den Rest könnt ihr euch ja denken. Aber nichts für ungut, ich will weiter."

Otto Haßloch stieg wieder in den Wagen, fuhr davon. Der Trecker setzte sich nun ebenfalls in Bewegung, zog schwerfällig mit dem Hänger den Weg entlang. Langsam fuhren sie in Richtung Kirche.

"Glaubst du, daß das der Willi war?" Heiner Langmaack machte ein nachdenkliches Gesicht.

"Na, wer denn sonst?" Alfred Langbehn kicherte. "Der Pastor vielleicht?"

“Ich weiß nicht. Irgend etwas ist da faul, das sag ich dir. Ich spür das, ehrlich.”
Den Rest der Fahrt verbrachten sie schweigend. Heiner Langmaack hing seinen Gedanken nach. Willi Tassen als Mörder? Otto schien davon überzeugt, obwohl es seltsam war, wie Otto sich als Polizist aufführte. So sehr hatte er seinen Bruder nun auch nicht leiden können. Und Willi? Daß Willi etwas stibitzte, konnte man sich vorstellen - aber morden? Irgendwie wollte das nicht passen.
Die Kirche kam in Sicht. Heiner Langmaack fuhr vor den Seiteneingang, hielt an. Die beiden Männer stiegen ab.
“Am besten schleppen wir dein Prachtstück durch die Sakristei. Kurzer Weg, wenig Schaden.”
“Das schon, aber ...” Alfred Langbehn schüttelte den Kopf. “Der paßt nicht, sag ich dir, der ist zu groß für die Sakristeitür. Die erste schaffen wir ja vielleicht noch, aber die zweite ... Nein, da müssen wir vorne mit durch. Warte, ich geh und mach schon mal die Tür auf.”
Heiner Langmaack sah ihm nach, sah auf den Hänger, auf dem die beiden Tannenbäume lagen. Morgen war Weihnachten. Der Baum würde in der Kirche sein, seine Enkelin würde am Nachmittag zum Gottesdienst kommen, sich an Krippenspiel und Tannenbaum freuen und mit glänzenden Augen von der Kirche zurückkehren. Dafür lohnte sich die ganze Mühe schon, das war immer das schönste Weihnachtsgeschenk. Er selbst ging immer zur Mitternachtsmette, da am Nachmittag die Kühe gemolken werden mußten. Aber Weihnachten mußte man einfach zur Kirche gehen.
Heiner Langmaack begann erneut zu frieren, versuchte, sich mit den Händen zu wärmen. Er ging langsam am Trecker auf und ab, hin und zurück. Alfred brauchte ganz schön lange, um die Kirchentür aufzuschließen. Wahrscheinlich klemmte der verflixte Schlüssel schon wieder. Es wäre nicht das erste Mal gewesen.

“Heiner!” Ein markerschütternder Schrei war zu hören. Alfred hatte geschrien.
Heiner Langmaack setzte sich augenblicklich in Bewegung, lief, was das die Füße hergaben, bog um die Ecke zum Haupteingang.
“Noch ´n Toter?” Er frage es völlig außer Atem, sah den Küster vor der Tür knien.
“Ach was.” Alfred Langbehn drehte sich zu ihm um. “Aber sieh doch mal.”
“Wo? Ach so ... Ach du grüne Neune!” Nun sah er es auch. Ohne Zweifel hatte jemand versucht, die Kirchentür gewaltsam zu öffnen. Wahrscheinlich mit einem Kuhfuß oder ähnlichem Gerät.
“Und? Ist die Tür offen?”
“Nee. Hat nicht geklappt, wie´s scheint. Aber Heiner, ein Einbruch, und das in unserer Kirche. Ich möchte nur wissen, wer das war. Du, das muß der Pastor wissen.”
“Mach ich. Aber”, Heiner Langmaack kratzte sich am Kinn, “ist schon komisch, nicht wahr? Kaum ist Paul wieder da, geht das mit der Einbrecherei auch wieder los.”
“Paul ist doch tot.”
“Na und? Du siehst doch, macht keinen Unterschied. Es geht wieder los.”

XIII.

Ein Auto kam auf den Hof geschossen.
Jasmin saß am Fenster und beobachtete. Onkel Otto war zurückgekehrt, und das mit einer Heidengeschwindigkeit. Wahrscheinlich würde es gleich wieder losgehen, ob sie nicht etwas helfen könne, im Stall müsse gefegt werden, und ob man ihr denn alles sagen müsse. Es war ihr egal, machte keinen Unterschied mehr. Eine Idee, ein vager Entschluß begann sich in

ihrem Kopf einzunisten. Sie sah vom Fenster weg, sah auf ihren Kleiderschrank, stand auf, öffnete den Schrank. Der dicke Pullover war wahrscheinlich am besten geeignet, obwohl sie ihn nicht leiden konnte. Oma hatte ihn vor einigen Jahren für sie gestrickt.

"Otto!" ertönte Omas energische Stimme über den Hof. Jasmin schaute erneut aus dem Fenster. Oma stand am Hühnerstall, wo sonst, die Hühner waren ihr ein und alles. Die einzigen hier, die Oma wirklich leiden können, dachte Jasmin bissig. Und Onkel Otto natürlich, obwohl auch er Angst vor Oma hatte. Jasmin sah wieder zu Otto hinüber, der inzwischen ausgestiegen war. Er blieb stehen, ging auf Oma zu. "Asmus ist hier", konnte Jasmin noch hören. Dann waren Otto und Oma verschwunden.

Jasmin wandte sich wieder dem Kleiderschrank zu, holte den Pullover heraus, die dicken wollenen Sachen, den Rucksack, legte alles auf einen Stapel. Sie zögerte, betrachtete reglos die Kleidungsstücke, schüttelte unmerklich den Kopf. So ein Blödsinn - sie hatte es schon so lange hier ausgehalten, schlimmer konnte es nicht werden. Außerdem war heute der zweite Ferientag und Zeit, etwas zu unternehmen. Doch wahrscheinlich würde sie nicht vom Hof dürfen, wie immer, wegen der Arbeit und vielleicht auch wegen dem Mord, aber sicher war das nicht. Man könnte es immerhin probieren. Oder, nein, sie entschied sich anders, ganz anders. In MTV lief gerade "MTVmix". Das war doch was.

Jasmin verließ ihr Zimmer, ging auf die Treppe zu. Unten im Flur konnte sie Asmus und Otto hören. Jasmin beschloß, noch etwas zu warten. Sie hatte keine Lust, Otto in die Arme zu laufen. Bestimmt hatte er wieder Arbeit für sie.

"Was soll das heißen, du willst die Egge nicht haben?" sagte Asmus Ahrholz gerade. "Das war doch so vereinbart, daß ich sie heute bringe."

"Ja, aber", deutlich war bei Otto ein Zögern zu spüren, "ich hab das Geld heute nicht."

“Vorgestern hast du noch gesagt ... Ich versteh dich nicht ... Und bar auf die Hand hatten wir vereinbart, wegen der Steuer, du weißt ja.”
“Ja schon, aber ... gib mir ein paar Tage Zeit.”
“Fünftausend war abgemacht - oder ist dir das jetzt zu teuer?”
“Nein, aber ...”
“Na ja, weißt du was, ich laß dir die Egge jetzt hier. Du kannst ja das Geld in den nächsten Tagen vorbeibringen. Obwohl, ganz in Ordnung ...”
Die beiden Männer verließen den Flur. “... und sag Oma nichts”, konnte Jasmin Onkel Otto noch sagen hören. Dann war es still. Jasmin spähte vorsichtig die Treppe hinunter, niemand war mehr zu sehen. Sie war allein.
Jasmin ging nach unten, betrat leise das Wohnzimmer. Seit dem Mordtag war es das erste Mal, daß sie bewußt diesen Raum betrat, das nächtliche Abenteuer nicht mitgerechnet. Jasmin fröstelte. Dennoch war sie fest entschlossen, sich nicht aufhalten zu lassen. Alles war unverändert, lediglich Paul und was direkt zu ihm gehört hatte war verschwunden. Der Leichnam war abtransportiert worden, die übrigen Sachen hatte die Polizei zur Untersuchung mitgenommen. In der Mitte des Zimmers stand der Mordsessel. Bräunliche Flecken waren zu sehen, niemand hatte bisher den Versuch unternommen, die Spuren zu beseitigen. Ihre Spuren? fragte sie sich. Wenn sie sich doch bloß sicher wäre!
Jasmin rückte sich einen anderen Sessel heran, suchte den Kopfhörer, den Oma manchmal benutzte, suchte die Fernbedienung des Fernsehers, die ebenfalls nicht auf Anhieb zu finden war. Wahrscheinlich hat die Polizei auch die mitgenommen, dachte sie in einem Anflug von Protest. Sie ging zum Fernseher, stellte fest, daß der Apparat ohnehin ausgeschaltet war, wie immer, fand überflüssigerweise die Fernbedienung auf dem Apparat, bedeckt mit Spuren von weißem Puder. Jasmin schaltete den Fernseher ein, suchte ihr Programm. Ent-

spannt ging sie anschließend zum Sessel zurück und widmete sich ganz der Musik. Hoffentlich schaute niemand herein, Jasmin hatte klare Vorstellungen, was dann passieren würde. Erwachsene waren halt so. Die Musik war gut, der neue Videoclip von Jamiroquai zum Soundtrack vom Godzillafilm war einfach mega. Es war zwar nicht ganz ihre Musik, aber trotzdem. Und den Film hatte sie leider auch nicht gesehen, ihre Mutter hatte es verboten. Der Clip - ein Kino im Untergrund, der Fuß von Godzilla, dem Monster, auf der Leinwand, und dann brach der riesige Fuß aus der Leinwand heraus, wurde Wirklichkeit, Schrecken, der zum echten Horror wurde, und alles brach zusammen. Autos fielen von der Straße herunter in den Untergrund, in das Kino, explodierten, schreiende Menschen, die in Panik flüchteten, Wasser, das hereinschwappte - und dazwischen Jamiroquai, cool von Autowrack zu Autowrack springend, unberührt und lässig. Der Clip war einfach spitze. Wenn ihre Mutter das jetzt sähe, würde sie Panik kriegen. Mutter war so zart besaitet, so schrecklich empfindlich, so wohlmeinend. Es war nicht auszuhalten. Obwohl sie es sicher gut meinte. Meistens jedenfalls. Und außerdem spielte es in diesem Haus sowieso keine Rolle, was ihre Mutter meinte.

Jasmin schaltete den Fernseher wieder aus, rückte den Sessel an seine alte Stelle, beschloß, wieder nach oben zu gehen. Sie schlüpfte aus dem Wohnzimmer, durchquerte leise den Flur. Am Treppenpfosten blieb sie wie angewurzelt stehen.

“Und ich sage dir, sie war´s”, hörte sie Onkel Ottos Stimme von oben. “Wer soll es denn sonst gewesen sein?”

“Ich weiß nicht, vielleicht ...” Das war die Stimme ihrer Mutter. Lautes Hämmern übertönte den Rest ihrer Antwort. Zorn und Empörung stiegen in Jasmin hoch, gemischt mit einem dumpfen Gefühl von Verzweiflung. Also doch, sie hielten sie tatsächlich für die Mörderin. Der Entschluß, der seit heute morgen in ihr zu reifen begonnen hatte, wurde plötzlich unwiderruflich. Sie stieg die Treppe hinauf.

“Weißt du, heute nacht, da ...” Ihre Mutter brach erschrocken ab, als sie Jasmin erblickte. Sie begrüßten einander kurz.
“Wo hast du gesteckt? Oma hat dich gesucht”, brummte Otto. Ihre Mutter und Onkel Otto knieten vor Omas Tür. Offensichtlich versuchte Otto, die Tür zu reparieren, während ihre Mutter ihm dabei half. Werkzeug lag herum, Hammer, Hobel, Nägel und Schrauben.
“Ich war unterwegs.”
“Du hättest doch wenigstens Bescheid sagen können.” Das war ihre Mutter.
“Ja, ja.” Sie ging weiter, stieß mit dem Fuß gegen etwas Hartes, stolperte. Etwas hatte sich unter die Kante des Dielenläufers geschoben.
“Paß doch auf!”
“Da ist was”, verteidigte sie sich.
“Hmm.” Onkel Otto schob die Hand unter den Läufer. Hervor kam ein Zimmerschlüssel. “Omas Schlüssel.” Er nickte. “Muß heruntergefallen sein, als Mutter an die Tür klopfte.” Klopfen ist gut, dachte Jasmin. Sie hörte den nächsten Satz kaum. “Warum hast du sie eingeschlossen, Jasmin?”
“Wie bitte?”
“Ich fragte, warum hast du sie eingeschlossen?” Onkel Otto machte ein grimmiges Gesicht. “Na? Sag schon!”
“Ich?”
“Ja, wer denn sonst?”
“Ich ... ihr ...” Tränen schossen ihr ins Gesicht. “Ihr spinnt ja alle!”
Das war zuviel. Ohne ein weiteres Wort zu sagen, stürmte sie vorbei, warf die Tür ihres Zimmers hinter sich zu. Sie lehnte sich gegen die Tür, atmete schwer.
“Das hättest du nicht sagen sollen, Otto”, hörte sie ihre Mutter durch die Tür. “Vielleicht war sie es ja doch nicht. Ich meine ...”
Fieberhaft begann Jasmin, ihren Rucksack zu packen. Jetzt war

es aus! Aus und vorbei! Abhauen, endlich abhauen! Sie würde verschwinden, verschwinden aus diesem Totenhaus. Genau, ein Totenhaus, das war es schon immer gewesen, ein Haus voller Mord und Verdächtigungen, ein Haus ohne Leben, diese lebendige Leichenkammer. Sie würde verschwinden, auf Nimmerwiedersehen. Sollten die anderen doch sehen, wie sie zurechtkamen, sollten sie ruhig versuchen, sie zu finden. Es würde umsonst sein.

“Ich weiß nicht, Teresa”, drang die Stimme von Onkel Otto wieder durch die Tür. “Wer war es denn sonst? Ich sage dir, das Ganze paßt zu dem Gör.”

“Wie kannst du so etwas sagen?” Die Stimme der Mutter hörte sich schrill an. Gegen ihren Willen lauschte Jasmin an der Tür. “Otto, das hättest du nicht sagen dürfen”, fuhr die Mutter fort, “nicht zu Jasmin und nicht zu ... nicht zu Jasmin. Das arme Mädchen, sie ist doch so empfindsam, so sensibel, du weißt doch, und sie würde so etwas nie tun, nie. Wenn ich nur daran denke, wie sie sich wegen der Katze aufgeregt hat, und du glaubst, daß sie einen Menschen umbringt. Und selbst ...”

“Ich meinte die Tür”, unterbrach Otto leise. “Obwohl die Türen und der Mord ...”

“Selbst wenn sie das mit der Tür war, an das andere wage ich gar nicht zu denken, ehrlich Otto, wer tut so etwas Schreckliches? Jasmin doch nicht.”

“Du übersiehst eins, Schwesterherz.” Otto Stimme wirkte plötzlich ungewohnt herb. “Irgend jemand muß es getan haben. Jemand aus diesem Haus. Jemand hat die Schlüssel umgedreht und den Mord begangen. Und unter uns: Ich glaube nicht, daß es Willi war. Nicht den Mord. Und das mit den Türen, das hätt der nie hingekriegt. Aber das sag keinem. Es wird schon genug über uns geredet. Und ich”, fügte er leise nach kurzem Zögern hinzu, “ich war es auch nicht.” Und noch leiser: “Aber Pauls Tochter ...”

Jasmin hörte, wie ihre Mutter zu weinen begann.

XIV.

"Irgend jemand muß es getan haben." Heiner Langmaack nickte bedächtig.
"Sie meinen die Kirchentür?"
"Natürlich, Herr Pastor. Und den Mord. Den auch, natürlich. Denken Sie daran, was ich Ihnen über Emil erzählt habe, Herr Pastor. Da spuken noch alte Geister herum. Und kaum ist Paul wieder da, geht das mit der Klauerei auch wieder los. Aber na ja, nun will ich mal wieder."
Frank Falke sah zu, wie Heiner Langmaack sich erhob. "Danke für den Tannenbaum."
"Da nicht für, Herr Pastor."
Heiner Langmaack ging auf seinen Socken vorsichtig zur Tür, zog umständlich die Gummistiefel an, die er vor der Haustür stehengelassen hatte. Falke begleitete ihn. "Bis morgen, Herr Pastor!"
"Bis morgen."
Frank Falke schloß die Tür hinter ihm zu, ging zurück in sein Arbeitszimmer. Er war von einem Gemeindebesuch zurückgekommen, als er Heiner Langmaack ungeduldig wartend vor seiner Haustür vorgefunden hatte. Das war nun gut eine Stunde her. Und seitdem hatte Heiner Langmaack erzählt, vom Einbruchsversuch an der Kirchentür, von Emil, dem ehemaligen und verstorbenen Leiter der Raiffeisenfiliale, und von etlichem mehr.
Frank Falke fühlte sich jetzt bestens informiert, auch wenn er nach diesen Informationen überhaupt nicht gefragt hatte. Im Grunde genommen hatte er nicht die geringste Lust, all das zu wissen. Die ganze Geschichte war auch so schon schlimm genug für ihn. Aber Heiner Langmaack war allem Anschein nach der Meinung gewesen, der Pastor müsse Bescheid wissen. Und zum Schluß der Hinweis auf den Tannenbaum, den Heiner Langmaack und der Küster für ihn aus dem Wäldchen geholt

hatten. "Ganz für umsonst", wie Heiner Langmaack gesagt hatte.

Frank Falke schaute auf die Uhr, halb zwölf. Er beschloß, zuerst einmal den Tannenbaum wegzuräumen, ging in den Keller, um sich Arbeitskleidung anzuziehen. Der Baum war mit Sicherheit naß und harzig. Er zog seine Sachen aus, zog die Arbeitshose an, streifte den dicken wollenen Pullover über.

Er war bei Frau Lehmann gewesen, als Heiner Langmaack vor seiner Tür gewartet hatte, bevor ihn die seltsamen Ereignisse des Tages eingeholt hatten.

Frau Lehmann war die Tochter jener alten Frau, die er vor zwei Tagen zum Geburtstag besucht hatte. Irgendwie hatte ihn das Schicksal dieser Frau nicht losgelassen, und Frau Lehmann war dankbar für den Besuch gewesen. Rund eine halbe Stunde hatten sie miteinander reden können, bevor die Oma, Frau Lehmanns Mutter, sich wieder mit ihren Bedürfnissen zu Wort gemeldet hatte. Und Frau Lehmann hatte erzählt: vom Umgang mit ihrer Mutter, vom Warten auf den Tod, von dem immer wieder neuen Versuch, ein wenig Freude ins Haus zu bringen. Es war ein gutes Gespräch gewesen, und er hatte sich noch auf der Rückfahrt gewundert, daß ihm in all den Ereignissen der letzten Tage diese Begegnung nicht verlorengegangen war. Aber dann, vor seiner Haustür hatte alles wieder auf ihn gewartet. Mord, Totschlag, Raub und Diebereien ... Nun, nicht ganz. Es war ja nur ein Einbruch in die Kirche - und nicht einmal ein gelungener.

Frank Falke zog sich den Parka über, schlüpfte in ein paar alte, zerkratzte Schuhe, stieg die Kellertreppe hinauf und verließ das Haus. Zuerst die Kirchentür, dann der Tannenbaum. Die Sache mit der Kirchentür war schon seltsam. Zwar erklärte sich damit das Geräusch, das er in der Nacht gehört hatte, aber warum bloß hatte jemand versucht, in die Kirche einzubrechen. Eine Kirche, in der es nichts zu holen gab, denn der Klein Hasenberger Kirche mangelte es aufgrund ihres geringen Alters - sie war ge-

rade hundert Jahre alt - an wertvollen Kunstgegenständen. Auch ansonsten wurde nichts von kommerziellem Wert in der Kirche aufbewahrt.
Ein Dummejungenstreich also? Heiner Langmaack war anderer Meinung gewesen.
Frank Falke ging die Einfahrt hinunter, hinüber zur Kirche. Es war kalt geworden, das Thermometer mußte einige Grad unter Null zeigen, nach dem Schnee und der kurzen Tauperiode war nun eisiger Frost gefolgt. Der gestern noch blütenreine Schnee hing jetzt in grauschwarzen Klumpen am Straßenrand. Es hatte immer etwas Trauriges an sich, wenn Schnee sich in Dreck verwandelte.
Frank Falke stieg die Treppe zur Kirche hinauf, umrundete die Kirche. Da war sie, die Tür. Deutlich war etwas abgesplittertes Holz zu sehen, daneben Eindrücke, den irgendein schwerer, wahrscheinlich metallischer Gegenstand im Holz hinterlassen hatte. Doch das war auch schon alles. Der Versuch war nicht zu Ende geführt worden. Vor einigen Jahren hatte es schon einmal einen Einbruch in die Kirche gegeben. Jemand hatte etwas Wertvolles gesucht, das seit vielen Jahren in der Kirche versteckt gewesen war.* Aber Geschichte wiederholt sich nicht, dachte Frank Falke. Das hier mußte etwas anderes sein. Und vor allem war jener Einbruchsversuch erfolgreich gewesen.
Frank Falke ging langsam zum Pastorat zurück. Der materielle Schaden hielt sich in Grenzen, die Tür würde ausgebessert und neu lackiert werden müssen. Er vermutete, daß der Schaden zu gering war, um von der Versicherung getragen zu werden. Also brauchte auch die Polizei nicht benachrichtigt zu werden. Seltsam, dachte er, daß der Einbruch nicht zu Ende geführt worden war. Falke bemerkte, daß ihn diese Tatsache am meisten berührte. Ein, zwei Hiebe mehr, und die Tür wäre offen gewesen. Dennoch, der Täter hatte aufgegeben. Warum nur?
“Sind Sie der Pastor?”
Eine vielleicht fünfzigjährige Frau stand vor der Pastoratstür.

* *»Wenn der Tod tanzt«*

“Ja, ich bin Pastor ...”
“Ich brauche einen Patenschein”, fiel ihm die Frau ins Wort. Frank Falke bat sie ins Kirchenbüro. Während der Weihnachtszeit nahm die Sekretärin immer Urlaub, so daß er für diese Dinge zuständig war.
“Wie war Ihr Name?” Sie standen nun im Kirchenbüro.
“Tiedge. Mit i-e.”
“Aus ...?” Sie sah ihn verständnislos an. “Aus welchem Dorf, meine ich.” Er hatte die Frau noch nie gesehen.
“Groß Hasenberg.”
Frank Falke holte die Kartei mit den Gemeindemitgliedern hervor, die nach Dörfern geordnet war. Obwohl auch ins Pfarramt längst die Computerisierung eingezogen war, leistete sich das Büro netterweise immer noch den Anachronismus einer Handkartei. Er begann zu blättern. Patenscheine waren nichts anderes als der Nachweis über die Mitgliedschaft in der Kirche, denn für die Patenschaft war die Zugehörigkeit zur Kirche Voraussetzung. Und da nur der ortsansässige Pfarrer das Recht hatte, diese Daten zu kennen, war für das Patenamt eine Bescheinigung mitzubringen, wenn die Taufe in einer anderen Gemeinde stattfand. Frank Falke hatte den Buchstaben T gefunden und suchte die entsprechende Karte, während die Frau mit sichtlicher Ungeduld wartete. *Teyfel ... Thomas ... Trauler*, eine Frau Tiedge war nicht zu finden.
“Sind Sie neu zugezogen?”
“Nein, wieso?” Frau Tiedge schüttelte den Kopf. “Wir wohnen seit zwei Jahren hier.”
“Aber Sie sind doch Mitglied der Kirche?”
“Nein. Was hat das damit zu tun?”
Falke seufzte. “Dann kann ich Ihnen keinen Patenschein ausstellen.” Er versuchte, den Sinn des Patenscheins zu erläutern.
“Soll das heißen, daß ich nicht Patin werden kann?”
“Leider ja. Sehen Sie, Sie sind irgendwann aus der Kirche ausgetreten und haben damit gewisse Rechte verloren. Eines da-

von ist das Patenrecht. Das Patenamt ist ein rein kirchliches Amt und ..."
"Was soll das?" Frau Tiedges Stimme nahm an Lautstärke zu. "Ich habe meinen Glauben. Wollen Sie das beurteilen?"
"Nein, natürlich nicht, aber ..."
"Außerdem sehe ich nicht ein, was das alles mit der Kirche zu tun hat. Ich bin die beste Freundin der Mutter, des Kindes meine ich. Darum geht´s doch."
"Nein ... Ich meine, es ist ja schön, wenn Sie mit der Mutter befreundet ..."
"Mit dem Kind", unterbrach sie ihn erneut. Die Stimme klang herb. "Ich muß in die Kirche eintreten?"
"Ja ... Ich meine, Sie müssen Mitglied der Kirche sein, um Patin werden zu können."
"Was geht das überhaupt die Kirche an? Aber ... Na gut, dann trete ich eben wieder ein."
Das Gespräch nahm eine deutlich unangenehme Wendung. Frank Falke merkte, wie er innerlich zusammenzuckte. "Wann ist denn die Taufe?"
"Am zweiten Weihnachtsfeiertag."
"So schnell geht das nicht mit dem Wiedereintreten." Es war nicht ganz die Wahrheit. Vielleicht hätte er Frau Tiedge sofort wieder in die Kirche aufnehmen können, obwohl das ungewöhnlich war. Er wußte es nicht genau. Aber nur für einen Patenschein einzutreten, um danach die Kirche wahrscheinlich ebensoschnell wieder zu verlassen ... Außerdem war diese Frau ihm unangenehm. Er fühlte sich bedrängt, wollte nicht wirklich, daß sie wieder eintrat. Obwohl man als Pastor natürlich objektiv zu sein hatte, aber ...
"Sehen Sie, nur wegen eines Patenscheines in die Kirche einzutreten, das sollten Sie sich doch noch einmal überlegen. Und außerdem ..."
"Das lassen Sie mal meine Sorge sein. Kriege ich nun den Patenschein, ja oder nein?"

Er seufzte, duckte sich innerlich. “Nein.”
“Na gut. Es gibt noch andere Pastoren. Welche, die offener sind. Moderner. Sie sollten sich das noch mal überlegen, was Sie da tun. Ich kriege schon irgendwo meinen Schein.”
Die Frau machte auf dem Absatz kehrt und ging.
Mit einem unterdrückten Gefühl von Wut und Angst blieb Frank Falke allein zurück. Mechanisch stellte er den Karteikasten weg, verließ das Büro, stapfte wütend durch den Schnee auf den Tannenbaum zu. Tatsächlich war es oft schwer genug, den Menschen zu vermitteln, daß Patenschaft eine religiöse, eine kirchliche Aufgabe war und nicht eine erweiterte Verwandtschaftsbeziehung. Das vielleicht auch, doch das war nicht der Kern. Aber in der Regel konnte man sich mit den Leuten darüber unterhalten, meistens auch verständigen. Diesmal jedoch! Mit dieser Frau konnte man sich nicht unterhalten. Sie hatte einzig und allein ihren Willen durchsetzen wollen, das war alles gewesen. Wenn er ehrlich war, hatte er sogar vor ihr Angst gehabt. Aber doch nicht genug, um zu gehorchen. Er schüttelte sich. Vielleicht fand sie ja einen Pastor, der tat, was sie wollte. Hoffentlich nicht. Und dann dieser dumme Satz: ‘Ich habe meinen Glauben. Wollen Sie das beurteilen?’ Wer konnte das schon? Wer konnte das überhaupt: einen Menschen beurteilen? Der tote Paul Haßloch fiel ihm ein. An irgend etwas hatte er sicher auch geglaubt - und sei es nur an sein Recht, seine Tochter zu holen. Und irgend jemand im selben Haus hatte sich das Recht genommen, ihn zu ermorden. Annettes Frage fiel ihm wieder ein, Annettes drängende Frage.

XV.

Er hört nicht einmal meine Frage, dachte Annette.
Es war später Nachmittag. Sie saßen zusammen im Wohnzimmer, Frank hatte sich im Sessel zurückgelehnt, die Augen ge-

schlossen und schien der Musik zu lauschen, die im Hintergrund spielte. Annette machte sich Sorgen um Frank. Er war überarbeitet, wie immer zu Weihnachten, aber das war es nicht allein. Er wirkte abgespannt und verschlossen, was selten bei ihm vorkam. Ihr Vormittag fiel ihr ein, die eilige Fahrt in die Stadt, um noch ein Buch für Frank zu besorgen, das sie ihm zu Weihnachten schenken wollte. Ein durchaus ungewöhnliches Buch, *Der Mord in der Rue Morgue* von Edgar Allan Poe, 1841 erschienen und der erste Kriminalroman der Geschichte, soviel sie wußte. Ein Buch, in dem der erste Kriminaldetektiv der Historie seine Methode darlegte. Sie hätte nicht sagen können, warum ihr auf einmal dieses Buch so passend für Frank erschienen war, und doch war es so. Sie folgte oft ihren Intuitionen, hinter denen nicht selten verborgene Bedeutungen lagen, wie sie wußte. Im Grunde genommen war das Erschaffen einer Skulptur, eines Kunstwerks, nichts anderes. Sicher, da gab es Begriffe, handwerkliche Regeln, Verstand und Vernunft hinsichtlich der Komposition und des Ausdrucks, aber dahinter lauerte immer ein letzter, unaufgeklärter Rest, eine letzte Schicht, die sich nicht in vernünftigen Begriffen auflösen ließ und die den eigentlichen Reiz eines Kunstwerks ausmachte. Zusammenhänge eines großen Ganzen, an dem wir alle beteiligt sind. Mit dem Buch war es ebenso, es gehörte zu Frank, ohne daß sie hätte sagen können, warum. Und doch war es auch immer wieder gut, danach zu fragen: Warum? Eben das hatte sie gestern abend getan.

"Frank!"

Frank machte die Augen auf.

"Ich hatte dich eben gefragt, ob du die Zeitung gelesen hast."

"Oh ..." Frank wirkte verlegen. "Du meinst den Bericht über den Mord? Ja, den ich habe ich gelesen. Warum fragst du?"

"Vielleicht tut es gut, darüber zu reden."

"Ich weiß nicht, vielleicht."

"Wußtest du, daß Paul Haßloch vorbestraft war?"

“Ich wußte gar nichts über Paul Haßloch, bis Frau Hellmann anrief. Und wahrscheinlich”, er zögerte, “wahrscheinlich wußte die ganze Familie nichts über seine Vorstrafen. Da steht, daß er mehrfach vorbestraft war, nicht?”
“Ja. Wenn ich es richtig verstanden habe, muß er eine ganze Weile im Gefängnis gesessen haben.”
“Ja, wahrscheinlich.”
Annette seufzte. “Ich gehe dir auf die Nerven mit meinen Fragen.”
“Nein”, Frank schüttelte den Kopf, “nein, das tust du nicht. Du hast auch recht, es ist gut, darüber zu reden. Die ganze Zeit denke ich darüber nach, und dann”, er wirkte auf einmal seltsam hilflos, “dann denke ich wieder, das Ganze geht mich doch nichts an. Gut, ich bin in dem Haus gewesen, als der Mord geschah, und ich kann dir versichern, daß ich es nicht getan habe. Ich meine, ich bin doch Pastor, kein Detektiv. Und auch deine Frage, was das mit mir zu tun hat, ich weiß es nicht. Ich weiß es wirklich nicht.”
“Hast du eine Ahnung, wer es getan haben könnte?”
“Du läßt nicht locker, was?”
“So meinte ich das nicht.” Annette spürte eine leichte Welle der Empörung in sich aufsteigen. Als ob sie Frank drängen wollte, die Arbeit der Polizei zu übernehmen. Das war nicht ihre Frage gewesen. “Du weißt, daß ich das so nicht gemeint habe. Es geht mir um den Sinn, verstehst du, um das, was hinter all dem steckt. Darum.”
“Ja. Ja, ja ... aber ... Ich meine, überleg doch mal. Da sind wir also nun sieben Leute in diesem Haus. Da ist Frau Hellmann. Natürlich, ein Motiv hätte sie. Sie will Jasmin behalten. Doch warum hat sie mich dann eingeladen? Nun gut, ich konnte ihr nur wenig Hoffnung machen, aber trotzdem. Und kannst du dir Frau Hellmann als Mörderin vorstellen, wie sie nachts mit dem Küchenmesser bewaffnet durch das Zimmer schleicht? Ich nicht. Ich kann mir überhaupt keinen von denen als Mörder vor-

stellen. Am ehesten noch die Oma. Eine resolute Frau, und was sie sich vornimmt, tut sie auch. Aber sie hat Paul eingeladen, gegen den Willen ihrer Kinder, soweit ich weiß, und sie hat sich wirklich gefreut. Und überhaupt, ihre Krücken. Und Otto, eher still, wortkarg, geradeaus. Ich habe keine Ahnung, warum er es getan haben sollte. Daß er vielleicht im Zorn jemand den Schädel einschlägt, das würde schon eher zu ihm passen. Aber mit dem Messer in der Nacht, nein. Und Jasmin? Glaubst du, daß Jasmin es getan hat? Natürlich hat sie all diese Phantasien, doch das sind eben Phantasien. Und über den Landstreicher, der dagewesen sein soll, weiß ich nichts. Heiner Langmaack hat mir von ihm erzählt. Dann die Geschichte mit den Schlüsseln. Glaubst du, ein Landstreicher schleicht sich nachts in den ersten Stock, schließt alle ein, um dann jemand zu ermorden? Du siehst ... He, warum lachst du?"

"Ich lache nicht." Annette war erschrocken, daß ihre Gedanken sich so deutlich in ihrem Gesicht zeigten. "Ich habe nur geschmunzelt." Immerhin war es die Wahrheit. Sie hatte Frank nicht auslachen wollen.

"Und warum?"

"Wegen der Oma. Ihr traust du als einziger einen Mord zu?"

"Ja, na und?"

"Hast du Angst vor starken Frauen, Frank?"

"Ich ..." Ein leichter Anflug von Kränkung zeigte sich auf seinem Gesicht. "Hätte ich dich dann geheiratet?"

Annette lachte jetzt doch. "Wer weiß?" Dennoch, dachte sie, Frank hat Angst vor starken Frauen. Erst beim Mittagessen hatte er ihr von Frau Tiedge erzählt, die resolut bis rabiat ihren Patenschein gefordert hatte. In der Sache hatte Frank wohl recht, dennoch, er hatte Angst vor dieser Frau gehabt, auch wenn er es ihr gegenüber nicht zugeben wollte.

"Hast du die ganze Zeit darüber nachgedacht, wer es getan haben könnte?" versuchte sie, das Gespräch in ein anderes Fahrwasser zu lenken.

“Nein. Ach was. Und deine Frage, was das mit mir zu tun gehabt hat ... Ich glaube einfach, du verstehst nicht, worum es hier geht. Irgend jemand hat diesen Paul Haßloch ermordet, das heißt, eben nicht irgend jemand, sondern einer von denen, die im Haus waren. Lauter Menschen, die ich kenne. Wahrscheinlich kenne ich sogar den Landstreicher, auch wenn ich mich im Augenblick nicht an ihn erinnern kann. Ein Willi Tassen oder so. Und das läßt mir keine Ruhe, Menschen, die ich kenne. Ich kann sowieso nicht verstehen, wie man einen anderen Menschen einfach so ermorden kann, weißt du, und mir dann vorzustellen, daß es einer aus dem Haus war, das will nicht in meinen Kopf, obwohl, natürlich war es so. Aber es läßt mir keine Ruhe. Und dann die Geschichte mit den Türen.”
Annette nickte. Sie konnte verstehen, was Frank meinte. Dennoch hatte sie das Gefühl, daß er ihr auswich.
“Ich habe nicht gemeint, daß du den Mörder ermitteln sollst, als ich dich fragte, was das alles mit dir zu tun hat. Aber ich kann dich verstehen. Mir ging es um ...”
“Einer von denen war es”, unterbrach er sie. “Irgendwie verdränge ich das. Mein Bewußtsein weigert sich, das zu akzeptieren. Ich versuche, nicht daran zu denken. Doch ...”
“... es gelingt dir nicht”, vervollständigte Annette den Satz. “Und die früheren Fälle?”
“Fälle, wie sich das anhört. Ich habe keine Fälle gehabt. Du hast gefragt, ob wir darüber reden wollen.”
Wie reizbar er ist, dachte Annette. So verwundbar hatte sie ihn selten erlebt.
“Weißt du, früher, da war es anders. Da hätte es irgend jemand sein können. Aber diesmal. Und dann die Geschichte mit den Schlüsseln.” Plötzlich stutzte Frank. Ein sonderbares Mienenspiel war auf seinem Gesicht zu sehen. Allem Anschein nach kam ihm gerade eine Idee. “Moment mal ... die Schlüssel.” Er stand auf und ging bedächtig zur Wohnzimmertür. “Ja, natürlich. So ist es. Oder nicht?” Er zögerte. “Wenn man dich in die-

sem Zimmer nachts einschließen wollte, müßte der Schlüssel außen an der Tür stecken, zum Flur hin, sonst würdest du es merken.” Er wirkt wie ein Lehrer, dachte Annette. “Ich müßte nämlich erst von draußen die Tür öffnen, den Schlüssel herausnehmen, die Tür wieder schließen und dich einschließen. Das ist zu riskant. Du könntest aufwachen.” Frank zeigte auf die Wohnzimmertür. “Dieser Schlüssel aber steckt innen. Es ginge also nicht. Und der zur Küche”, sie hörte ihn zur Küche gehen, “der steckt außen. Warte einen Augenblick!” Frank verschwand. Zwei Minuten später tauchte er wieder auf. Auf den ersten Blick war zu sehen, daß er etwas entdeckt hatte.
“Unsere Schlüssel sind wild verteilt, mal außen, mal innen. Und das ist auch natürlich, weil wir die Schlüssel nie benutzen. Nimm doch mal an, daß es bei den Haßlochs ähnlich ist. Weißt du, was das heißt? Einige Schlüssel innen, einige außen. Und nun schließt jemand nachts alle ein. Das geht ganz sicher nur, wenn alle Schlüssel außen stecken. Alle, verstehst du? Und das ...” Sie sah noch nicht, worauf er hinauswollte. “... das bedeutet, daß jemand vorher die Schlüssel nach außen gesteckt haben muß. Am Nachmittag, am Abend, aber sicher nicht in der Nacht, als alle schliefen. Es hätte ja jemand wach werden können.”
“Ja und?” Immer noch war Annette die Konsequenz dieser Überlegungen nicht klar.
“Das heißt, das Ganze war geplant.” Franks Stimme war jetzt bedeutungsschwer. “Es ist einfach unwahrscheinlich, daß alle Schlüssel außen gesteckt haben sollen. Zum Abschließen in der Nacht aber mußten sie außen stecken. Auf der Flurseite. Also mußte man dafür sorgen, und zwar vorher. Das bedeutet, daß schon am Nachmittag oder am Abend jemand genau wußte, was er in dieser Nacht tun wollte. Oder sie - er oder sie. Oder auch nicht.”
Sein plötzlicher Elan brach auf einmal in sich zusammen. “Es könnte natürlich auch anders gewesen sein. Vielleicht steckten

bei den Haßlochs aus irgendeinem Grund alle Schlüssel außen. Ich glaube es zwar nicht, doch was heißt das schon. Jetzt wird man es sowieso nicht mehr herausfinden. Und selbst wenn, ach, ich weiß nicht."
"Du redest über die Schlüssel."
"Ja, aber, wer die Schlüssel ..." Das Telefon klingelte. Frank erhob sich und ging an den Apparat.
"Frank Falke." Jemand am anderen Ende der Leitung begann auf ihn einzureden. Annette sah, wie sich Franks Haltung veränderte, wie plötzliche Nachdenklichkeit spürbar wurde, Anzeichen von Betroffenheit. Er verwandelte sich in einen Seelsorger.
Zwei Minuten später legte er den Hörer auf.
"Was ist geschehen?" Annette konnte ihre Neugier nicht bezwingen, obwohl es sich nicht gehörte, zu fragen. In ihrer Ehe galten die Post und das Telefon als Tabu.
"Frau Hellmann hat angerufen. Jasmin. Jasmin, sie ist nicht zu Hause. Niemand weiß, wo sie ist. Jasmin ist verschwunden."

XVI.

"Jasmin ist verschwunden." Entsetzen klang in Teresa Hellmanns Stimme mit.
Asmus Ahrholz sah sie mitleidig an. Die arme Frau, dachte er. Nach allem, was sie durchgemacht hat. Und nun das.
"Weißt du, wo sie ist?"
Teresa Hellmann schüttelte langsam den Kopf. Es war kurz vor sechs, Dunkelheit umhüllte sie. Der Bürgersteig, auf dem sie standen, war nur schwach erleuchtet von den Straßenlaternen und von der wenigen Helligkeit, die aus dem Schaufenster strömte. Nachdem der ganze Tag schon kalt gewesen war, sank nun das Thermometer mit Einbruch der Dunkelheit rapide um weitere Grade.

Sie standen vor dem Kaufmannsladen im Dorf, Ottos Laden, der erstaunlicherweise immer noch existierte. Albert Otto, der Besitzer, und seine Frau Erika pflegten und hegten ihn liebevoll. In wenigen Jahren jedoch würde Albert nicht mehr können, und aller Wahrscheinlichkeit nach würde damit auch der Laden aufhören zu existieren. Genauso war es mit der Gastwirtschaft, dem Bäcker und dem Fleischer gewesen. Nur daß es den Kaufmann immer noch gab, während alle anderen Geschäfte längst verschwunden waren.
“Ich habe keine Ahnung, wo Jasmin ist. Und ich mache mir solche Sorgen. Du hast sie nicht gesehen, nicht wahr?”
“Nein. Bist du sicher, daß sie weggelaufen ist? Vielleicht kommt sie ja bald wieder.”
“Sie ist weg, Asmus, wirklich. Sie hat den Rucksack mitgenommen und die warmen Wintersachen. Das hat sie noch nie gemacht, noch nie. Mal einen Nachmittag weg, das kenne ich schon bei ihr, aber so. Und doch nicht mit Rucksack und all den Sachen. Wahrscheinlich irrt sie jetzt irgendwo durch die Kälte. Sie wird erfrieren, das arme Kind, ehrlich. Du mußt mir helfen, Asmus. Ich habe schon alle Leute angerufen, aber niemand weiß, wo sie ist. Niemand, selbst den Pastor habe ich schon gefragt. Doch der konnte mir auch nicht helfen. Weg, weißt du, einfach weg.” Sie zögerte. “Nur Albert hat sie gesehen.”
“Albert?”
Teresa Hellmann nickte. “Ja. Sie war kurz im Laden, hat etwas gekauft. Aber gesagt hat sie nichts. Und dann ist sie weg. Ich verstehe das nicht. Warum tut sie so etwas? Sie hat es doch so gut bei uns. Ich habe sie gehütet wie mein eigenes Kind. Nichts Schlimmes hat sie erlebt, nie - na ja, bis auf gestern, das war ganz schlimm - und alles, alles habe ich von ihr ferngehalten, immer. Nun das. Warum tut sie mir das an? Wo ich doch so für sie gekämpft habe, für mein Kind. Asmus, sie ist mein Kind, meins, und nun läuft sie weg von mir. Da hätte Paul sie auch gleich mitnehmen können. Aber das ...” Sie brach plötzlich ab.

Langsam setzte sie den Satz fort: "... äh, das hätte ich nie zugelassen. Nie. Aber jetzt ist ja sowieso alles anders. Und nun läuft sie weg. Weg von mir."
Tränen brachen aus ihr hervor. Asmus Ahrholz schaute sie betreten an.
"Du Arme." Sanft legte er den Arm um ihre Schulter. "Wird schon werden, mien Deern."
Ungehemmt flossen die Tränen. Stille entstand.
"Wahrscheinlich ist sie ganz in der Nähe", versuchte er zu trösten. "Bestimmt. Bestimmt taucht sie morgen wieder auf."
Der Tränenfluß wurde weniger. "Meinst du?"
"Na klar. Sonst ... Hast du die Polizei schon verständigt?"
"Die Polizei?" Teresa Hellmann wandt sich aus Asmus Ahrholz´ Arm. Ihre Stimme klang hysterisch, abrupt endeten die Tränen. "Die Polizei? Wieso die Polizei? Nein."
"Aber das macht man doch so. Dafür ist sie doch da." Asmus Ahrholzens Stirn kräuselte sich. Teresas Reaktion war seltsam.
"Nachher verhaften die Jasmin noch. Dabei hat sie doch nichts getan. Ich will nicht, daß die Polizei kommt. Ich will nicht, daß Jasmin mit der Polizei zurückkommt. Wir haben schon genug Polizei im Haus. Das ganze Leben bringen sie durcheinander, nein!"
Eine Flucht, dachte Asmus Ahrholz, Jasmin ist geflohen. Auf einmal verstand er. Und wenn er ehrlich war, war dem Gör auch einiges zuzutrauen. Gedanken gingen ihm durch seinen Kopf.
"Weißt du, warum sie weg ist?"
"Nein."
"Vielleicht hat sie irgend etwas gesehen?"
"Was soll sie denn gesehen haben? Ich verstehe dich nicht, Asmus."
"Nun", Asmus Ahrholz suchte vorsichtig nach Worten, "vielleicht hat sie ja in der Nacht was gesehen. Ist aufgestanden und hat etwas mitbekommen. Und das will sie jetzt nicht sagen. Deshalb ist sie weg."

“Jasmin hat geschlafen.” Teresa Hellmann wirkte auf einmal unsicher. “Sie hat bestimmt geschlafen.”
“War ja nur so´ne Idee. Weißt du das mit dem Schlafen genau?”
“Ja. Nein. Natürlich nicht.”
“Siehst du. Oder Willi. Vielleicht ...” Asmus Ahrholz begann sich plötzlich unwohl zu fühlen. Die Gefühle, die er für Teresa hegte, kämpften mit seiner Neugier. Auf jeden Fall wollte er Teresa nicht verletzen. Dennoch, die Neugier gewann. “... Vielleicht hat Willi ihr ja irgendwas erzählt, was sie jetzt nicht sagen will. Jasmin war doch so dick mit Willi.” Er zögerte erneut. Dann kam das böse Wort über seine Lippen: “Mittäterschaft. Wenn sie es vorher wußte, war es Mittäterschaft. Und recht war es ihr vielleicht ja auch.”
“Asmus!” Teresa Hellmann blickte ihn aus starren Augen an. “Daß du so etwas ...”
“Hallo Leute!” Heiner Langmaack kam aus dem Laden. “Na, was ist mit euch. Wißt ihr schon, daß in der Kirche eingebrochen wurde? Das glaubt ihr nicht. Und ... Teresa, was ist mit dir, Deern?”
“Jasmin”, Teresa schluckte, “Jasmin ist verschwunden.”
“Und ich denke”, ergänzte Asmus Ahrholz, “daß sie vielleicht was gesehen hat, was sie jetzt nicht sagen will. Aber Teresa meint, nein.”
“Das arme Kind.” Heiner Langmaack war ganz und gar mitfühlend. “Jetzt bei der Kälte allein unterwegs. Und ... Ach du meine Güte, Albert hat mir eben im Laden erzählt, daß sie sich ein Messer gekauft hat. Aber ihr meint doch nicht, nein Teresa, das doch nicht.”
Teresa nickte. “Ich mache mir solche Sorgen, Heiner. Und was will sie bloß mit dem Messer? Sie wird sich doch nichts antun? Bitte nicht! ... O nein!”
“Was ist?”
“Ich habe die Quittung für Oma vergessen.” Ohne ein weiteres Wort zu sagen, eilte Teresa in den Laden zurück.

Asmus Ahrholz und Heiner Langmaack schauten einander verblüfft an. “Glaubst du, daß das Mädchen sich was tut?” brach Heiner Langmaack die entstandene Stille.
Asmus Ahrholz schüttelte den Kopf. “Nee, ehrlich nicht. Das ist doch so ´ne Freche, die ist morgen wieder da, sag ich dir. Was weiß ich, was die mit dem Messer will. Wenn sie man bloß keinen umbringt damit. Aber diese Sache mit Paul, ich meine, immerhin ist er ihr Vater gewesen. Hast du auch gelesen, daß er im Gefängnis war?”
“Ja, irgendwo in Süddeutschland, stand da. Wegen Raub und so. Arme Klara, mit so einem Sohn gesegnet zu sein. Vielleicht hat sie davon ja nichts gewußt. Aber ich sag dir, Asmus, ich hab immer gewußt, daß Paul nichts taugt. Hab ich schon damals gesagt. Aber daß er jetzt tot ist ...”
“Da bin ich wieder.” Teresa kam aus dem Laden zurück. “Oma will doch immer von allen Einkäufen die Quittung sehen.”
“Sag mal, Teresa”, ein Gedanke ging Asmus Ahrholz durch den Kopf, “wie ist Paul eigentlich zu euch gekommen?”
“Ach das. Er hat Oma einen Brief geschrieben.” Teresa schien nicht bei der Sache zu sein, kickte mit dem Fuß einen Kiesel vom Bürgersteig. Der Kiesel rollte in den Rinnstein. “Und dann hat Oma ihn eingeladen.”
Asmus Ahrholz blickte dem Kiesel nach. Immer noch rollte er. Wie die Kirche, so lag auch der Kaufmannsladen auf einem Hügel neben der Trave. Der Kiesel rollte den Rinnstein entlang.
“So hat alles angefangen. Oma hat erzählt, daß Paul kommen wird. Sie hat sich richtig gefreut, und jetzt? ‘Der verlorene Sohn kehrt zurück’, hat sie immer gesagt. Aber es war nicht richtig. Nein, das war es nicht.”
Immer noch rollte der Kiesel. Langsam verlor ihn Asmus Ahrholz aus den Augen. Erstaunlich, dachte er, daß das Ding so lange rollt. Er wandte sich Teresa zu. “Vielleicht weiß Jasmin ja gar nicht, was sie gesehen hat.”
“Hör jetzt auf. Und warum ist sie dann weg?” Teresas Stimme

klang plötzlich hysterisch. “Wieso immer Jasmin? Nur weil sie weggelaufen ist? Wieso nicht Otto - oder ich?”
“Das mit der Egge ist schon seltsam”, fiel Asmus Ahrholz ein.
Heiner Langmaack horchte auf. “Mit welcher Egge?”
“Tja ...” Asmus Ahrholz genoß die Aufmerksamkeit, die ihm plötzlich zuteil wurde. “Tja ... das war so. Ich hab doch noch die alte Egge bei uns, also richtig alt ist sie nicht und auch noch gut in Schuß, aber ich hab mir doch vor zwei Monaten eine neue gekauft, und Otto wollte die alte gerne haben. War alles klar zwischen uns und gestern, als ich bei ihm war, hat er auch nichts gesagt, obwohl ... Na ich weiß nicht. Jedenfalls heute, wie ich ihm die Egge vorbeibringe, da sagt er plötzlich, er hat das Geld nicht. War kein schöner Zug von ihm. Ich hab ihm die Egge dann trotzdem dagelassen, und er will sie ja auch später bezahlen, aber in Ordnung ist das nicht.”
“Und gestern hatte er das Geld noch?” fragte Heiner Langmaack neugierig. “Weißt du was davon, Teresa?”
Teresa Hellmann nickte. “Von der Egge, ja. Aber ich verstehe nicht, wieso das Geld nicht da ist. Oma hat extra gesagt, er soll es abheben und in den Schuhkarton tun”, sie errötete plötzlich. “Na ja, das ist halt Oma, mit ihrem Schuhkarton. Aber das Geld muß doch dasein, ich meine, wo soll es denn sonst sein, und von uns hat es bestimmt keiner genommen, und geklaut wird bei uns auch nicht. Asmus, bist du ganz sicher mit dem Geld, ich meine, wenn Oma das erfährt, o je.”
“Oma soll ich nichts sagen?” Asmus Ahrholz grinste. “Und ob bei euch keiner klaut, da wär ich mir nicht so sicher. Du weißt ja, was geschehen ist, Mädchen. Obwohl, man kann mit dem Geld auch noch andere Sachen machen.”
“Ich versteh dich nicht.” Teresa Hellmanns Stimme bekam eine schrillen Unterton. “Was meinst du damit?”
“Ach, nur so´ne Idee.”
“Das ist nicht in Ordnung, Asmus”, Heiner Langmaack mischte sich ein. “Und was ist mit Willi?”

“Ja eben, was ist zum Beispiel mit Willi?”
Teresa Hellmann sah Asmus Ahrholz an. “Du meinst, Willi hat das Geld gestohlen?”
“Zum Beispiel. Oder hat man hat es ihm gegeben.”
“Ihm gegeben?”
“Laß es sein, Asmus”, versuchte Heiner Langmaack erneut zu beschwichtigen. “Du glaubst doch nicht wirklich, daß Teresa so etwas tun würde.”
“Ich will das jetzt aber wissen! Wieso sollte jemand Willi Geld geben? Und dann noch so viel? Das waren fünftausend Mark. Warum? Ich meine, keiner von uns würde doch so etwas tun.”
“Na ja, vielleicht doch. Einer hat den Paul ja auch umgebracht, oder nicht? Sieh das doch mal so, Teresa. Fünftausend Mark sind schon ´ne schöne Summe, damit jemand den Mund hält. Vielleicht hat ja Willi irgend etwas gesehen, und nun erhält er Schweigegeld. So einfach ist das nämlich, Teresa.”
“Das ist nicht wahr!” Teresa Hellmann Augen begannen erneut zu tränen. “Heiner, sag, daß das nicht wahr ist.”

XVII.

Das durfte nicht wahr sein. Wütend rüttelte Jasmin an der Schuppentür. Asmus Ahrholz´ alter Schuppen - verschlossen! Jasmin fror. Es mochte jetzt elf Uhr in der Nacht sein, der Mond erleuchtete die Landschaft mit schwachem Licht, der Schuppen - ein dunkles Ungeheuer. Jasmin fluchte. Den ganzen Nachmittag hatte sie in der Stadt verbracht, hatte bei McDonalds ein paar Hamburger gegessen, war hier und dort gewesen, ruhelos, ohne eigentliches Ziel. Gegen Abend aber hatte es sie doch zurückgezogen, ein Platz für die Nacht. Der alte Schuppen war ihr eingefallen, er stand inmitten der Felder, nahe beim Tannenwäldchen - und nun war das blöde Ding abgeschlossen. Den ganzen Sommer über war er offen gewesen, Jasmin wußte es genau, weil sie mit ihrer damaligen Freundin und deren Clique ein paarmal hiergewesen war, aber nun! So ein Mist! Was bildete sich Asmus eigentlich ein, die paar verrosteten Geräte, die er im Schuppen aufbewahrte, brauchten nun wirklich nicht weggeschlossen zu werden, die klaute doch keiner. Noch einmal rüttelte Jasmin an der Tür, gab der Tür einen Tritt - nichts zu machen. Sie war zu.

Jasmin überlegte. Es war kalt, das Thermometer mochte einige Grad unter Null zeigen, sie fror trotz der elenden Wintersachen, die sie anhatte. Wo sollte sie bloß übernachten? Ihr war klar, daß sie ein Dach über dem Kopf brauchte - aber wo? Und nach Hause zurückzukehren - niemals! Sollten die doch sehen, wie sie ohne sie zurechtkamen, Oma, Otto und auch ihre Mutter. 'Jasmin, mach das, Jasmin, komm mal her.' Jasmin, die an allem Schuld war: 'Warum hast du Paul umgebracht und uns eingeschlossen, Jasmin?' Aber damit war jetzt Schluß, ein für allemal.

Sie wandte sich vom Schuppen ab. Verkrustete, harte Schneereste lagen auf den Feldern. Im Mondschein konnte sie ihre eigene Spur auf dem Feld erkennen, leider, aber eigentlich spielte es auch keine Rolle. Wo konnte sie noch hin? Irgendeinen Platz mußte es doch geben!

Sie dachte nach. Der Schafstall fiel ihr ein. Ein kleines, baufälliges Ding voller Mist und Schafsdung, aber jetzt im Winter ohne Schafe, da der Amtswehrführer, der sie sich als Hobby hielt, seine geliebten Schafe im Winter immer bei Heiner Langmaack unterbrachte. Der Schafstall, immerhin, das war eine Möglichkeit.

Jasmin setzte sich in Bewegung. Die Landschaft lag grau erleuchtet im Mondlicht vor ihr. Ein paar Wolken waren am Himmel zu sehen, graue, gespenstische Schatten vor einer schwarzen Wand, einige wenige Sterne leuchteten, eine unheimliche Nacht. Eine Nacht für Ungeheuer, für Geister. Aber keine Nacht zum Sterben. Sie hatte weiß Gott keine Lust zu erfrieren.

Der Schafstall war nicht weit entfernt. Über zwei Koppeln, über einen kleinen Weg, bei dem sie sorgsam darauf achtete, daß kein Licht in der Nähe ein fahrendes Auto anzeigte, dann war sie da. Trotz der Kürze der Strecke war ihr der Weg lang vorgekommen, spürte sie ihre Müdigkeit. Der Schafstall lag vor ihr. Sie hatte zwar keine Lust, eine Nacht im Mist zu verbringen, und wahrscheinlich würde sie morgen früh wie die Pest stinken, aber was half´s. Wer weglief, konnte nicht wählerisch sein, das war klar. Immerhin war der Stall besser als gar nichts, und morgen früh würde sie sich endgültig aufmachen, nur weg von hier, weit weg von diesem miesen Ort namens Klein Hasenberg, weg und für immer. Morgen wirklich. Noch einmal würde sie nicht hierher zurückkehren.
Jasmin hatte den Stall erreicht. Plötzlich fielen ihr die toten Schafe ein. Was war, wenn im Stall ein totes Schaf lag? Sie würde bestimmt nicht neben so einem Kadaver schlafen können. Oder tote Ratten - oder lebendige! Sie hatte mal gehört, daß Ratten nachts die Zehen von Menschen abbissen, wenn sie hungrig waren. Und die Ratten hier waren bestimmt hungrig. Jasmin zögerte, wandte sich ab, drehte sich wieder zur Tür. Sie legte die Hand auf die Klinke, die Tür war offen. Nur keine Kadaver, dachte sie, bitte nicht. Und keine Ratten, lieber Gott, hilf! Bitte keine Ratten. Jasmin schaute in den Stall. Drinnen war es stockdunkel, nur eine einzige kleine Fensteröffnung ließ ein wenig Mondlicht herein. Jasmin rümpfte die Nase und ging in den Stall.
Plötzlich hörte sie im Stroh etwas rascheln. Es bewegte sich. Ratten! Ekel kroch in ihr hoch. Sie versuchte hinzuschauen, konnte jedoch nichts erkennen. Ihre Hand tastete nach dem Messer, wie gut, daß sie sich eins gekauft hatte. Sie spürte das Messer in ihrer Hand, ging vorsichtig rückwärts, stolperte, fiel. Eine Hand klammerte sich an ihrem Bein fest. Panik flutete durch ihren Kopf.
“Hilfe!” ertönte eine Stimme.

Auf einmal mußte Jasmin lachen. Die Stimme kannte sie doch.
“Ich bin´s, Jasmin, du Idiot!”
“Jasmin?” Im Stroh raschelte es erneut. Die Hand, die eben noch ihre Wade umklammert hatte, ließ los. “O Mann, hast du mich erschreckt.” Jasmin kam vom Boden hoch, setzte sich.
“Und du mich erst.” Kein Zweifel, das war Willi.
“Wart einen Moment, ich mach Licht.” Willis Stimme hatte einen lallenden Unterton, wahrscheinlich hatte er schon etliches getrunken. Ein Streichholz flammte auf.
“Sei vorsichtig, du Töffel. Du brennst uns noch ab.”
“Keine Sorge, Mädchen. Paß schon auf.” Willi zündete eine Kerze an. Warmes, gespenstisches Licht durchflutete den Schuppen. Die Kerze flackerte, stand auf dem getrockneten Lehmfußboden, der nun sichtbar wurde, dahinter im Stroh, zerzaust wie immer, saß Willi. Jasmin schaute ihn an. Willi schaute Jasmin an.
“Was machst du denn hier, Mädchen?”
“Und du?”
“Die Polente ist hinter mir her. Aber”, Willi schlug sich pathetisch an die Brust, “ich bin doch nicht blöde. Mich kriegen sie nicht. Und du, biste auch weggelaufen?”
“Ja. Aber nicht vor den Bullen. Habe ich nicht nötig.” Von wegen, dachte sie plötzlich. Aber eigentlich stimmte es doch. Es war nicht die Polizei gewesen, die ihr zugesetzt hatte, sondern die ganze blöde Familie. Und noch etwas ... das Aufwachen in der Nacht, der Dolch in der Hand ... Doch das brauchte Willi nicht zu wissen.
Willi sah sie nachdenklich an. “Hast Paul nicht umgebracht, wie?”
“Natürlich nicht. Mit dem wäre ich auch so fertig geworden.”
“Na, red man nicht. War ´n ganz schöner Brocken, du, wie der da im Sessel saß. Hab ich ja selbst gesehen.” Willi drehte sich um, begann im Stroh zu kramen, holte eine Wodkaflasche hervor. “Willste auch ´nen Schluck?”

“Nee.”
“Nimm doch, hält warm.”
“Hast du auch wieder recht.” Jasmin nahm die Flasche, tat einen Schluck, schüttelte sich, als die brennende Flüssigkeit durch ihren Hals rann, spürte, wie das Gefühl von Wärme sie durchflutete. “Tut gut.” Sie warf einen Blick auf die Flasche. Eine teure Marke, soviel war auf den ersten Blick erkennbar. Den Werbespot für die Marke kannte sie. Nicht gerade das Billigste.
“Bist du zu Geld gekommen, Willi? So was trinkst du doch sonst nicht.”
“Was willst du damit sagen?” Plötzlicher Argwohn war in Willis Augen. “Is´ Weihnachten, da gibt´s ´n bißchen mehr von der Stütze. Is´ so, ehrlich.”
“Reg dich doch ab. Ich sage ja nicht, daß du was Unrechtes getan hast. Warum gehst du nicht einfach zur Polizei und bringst die Sache hinter dich? Dir können sie ja doch nichts anhaben. Und morgen bist du wieder zu Hause.”
“Können Sie auch nicht. Ich war gar nicht da in dem Zimmer.”
Jasmin stutzte. Aber hatte Willi nicht eben gesagt ... “Und woher weißt du dann, wie Paul ausgesehen hat? Eben hast du noch gesagt ...”
“Hab ich nicht.”
“Doch. Du hast gesagt, Paul wäre ein richtiger Brocken in dem Sessel gewesen.”
“War er ja auch, oder?”
“Also warst du doch da. Gib´s zu!”
“Ich ...” Willi rang plötzlich nach Luft, griff nach der Flasche, trank einen hastigen Schluck, schien sich aufzubäumen und sank wieder in sich zusammen.
“Jasmin ... du ...”
“Ja?”
“Wir sind doch Freunde, oder?”
“Sind wir.”

“Aber daß du das keinem weitererzählst. Ehrenwort?” Jasmin versprach es. “Ich ... ich hab ihn gesehen. Hast ja recht. Morgens. Aber da war er schon tot. Ich war so früh wach, Hunger, verstehst du, und zu trinken hatte ich auch nichts. Da bin ich bei euch in die Küche und ... Aber Otto sagst du auch nichts, oder ...” Willi zögerte, wartete auf Jasmins Zustimmung. Jasmin nickte. “Da hab ich mir was aus dem Kühlschrank geholt ... und wie ich wieder raus bin, da war im großen Zimmer bei euch noch Licht, und ich denk, das ist doch komisch, und dann bin ich an die Tür, aber gehört hab ich nichts, war ganz still. Na ja, irgendwie mußte ich da dann mal reinsehen, war so, weiß auch nicht, warum, und da, na dann hab ich ihn gesehen. So war das”, Willi langte wieder nach der Flasche, “und nicht anders. Und”, Willi zögerte erneut, “... ich hab auch nichts geklaut.” Hat er doch, dachte Jasmin plötzlich. Willi war einfach kein guter Lügner. Sie sah auf die Wodkaflasche, das teure Etikett. Doch - was ging sie das an. Willi grunzte leise. “Aber mir glaubt ja sowieso keiner. Und deshalb”, er deutete auf den Stall, “deshalb bin ich hier.”
“Ich glaub dir. Wenn du das sagst.”
“War so, ganz ehrlich.”
“Ist ja okay.” Plötzliche Müdigkeit überfiel Jasmin. Sie deutete auf die Wodkaflasche. “Darf ich noch ´nen Schluck?”
“Na klar.”
Sie tat einen kräftigen Schluck aus der Flasche, reichte sie Willi zurück, suchte sich einen Platz zum Schlafen. In einer Ecke war frisches Stroh. Willi wünschte ihr eine gute Nacht. Innerhalb weniger Momente war sie in einen tiefen, traumlosen Schlaf gefallen.
Jasmin wurde wach. Einige Zeit mußte vergangen sein, seit sie eingeschlafen war, der Mond leuchtete jetzt hell durch die Fensteröffnung.
Sie war allein, wußte es schon, bevor sie es sah. Willi war verschwunden. Warum, mochte der Teufel wissen.

“Ist doch sein Problem”, murmelte sie. Jasmin drehte sich auf die Seite.
Bald darauf schlief sie wieder.

24. DEZEMBER, DONNERSTAG

XVIII.

Jedes Jahr das gleiche Problem, dachte Frank Falke. Er stand in der Garage, hatte sich Arbeitskleidung angezogen, Werkzeug geholt und betrachtete den Tannenbaum. Zu den Ritualen des Weihnachstages gehörte es, als erste Arbeit am Morgen den Tannenbaum aufzustellen. Eigentlich sollte das kein Problem sein, aber in der Regel war der Stamm des Baumes zu groß für den kleinen Christbaumständer, und Frank Falkes handwerkliches Geschick hielt sich in engen Grenzen. Dennoch tat ihm die Aufgabe gut. Sie bedeutete ein Stück Normalität nach den Ereignissen der letzten Tage. Gestern abend war er noch einmal all seine Weihnachtspredigten durchgegangen, hatte die Agenden fein säuberlich sortiert und den Predigten zugeordnet, hatte die Geschenke für Annette vollendet und eingepackt. Heiligabend konnte beginnen.

Es sah so aus, als würde jetzt wieder Ruhe einkehren. Bis auf das Mädchen Jasmin, dachte er, das jetzt irgendwo draußen unterwegs war. Nun, vielleicht würde man sie bald finden. Er wußte nicht, warum er sich nicht wirklich Sorgen um Jasmin machte, aber es war so. Und Gott sei Dank hatte er für das Krippenspiel einen Ersatz für die Rolle der Maria gefunden. Sybille, die die Rolle im letzten Jahr gespielt hatte, war bereit einzuspringen. Frank Falke betrachtete den Baum, den Ständer, hielt den Ständer an das Ende des Baumes, natürlich war der Stamm zu dick, wie er vermutet hatte. In der Länge dagegen schien der Baum richtig zu sein, er brauchte ihn also nicht zu verkürzen.

Frank Falke griff nach der Säge, bereute, nicht wenigstens in diesem Jahr einen größeren Ständer gekauft zu haben, wie sie es schon so oft besprochen hatten, legte die Säge wieder beiseite und holte ein altes, schartiges Küchenmesser hervor. Zuerst wollte er am unteren Teil des Stammes die Rinde abschälen, vielleicht paßte der Baum dann ja schon in den Ständer.

"Entschuldigung."

Frank Falke drehte sich um. Magda Hinrichsens zierliche Gestalt stand in der Garagentür.

"Guten Tag, Frau Hinrichsen." Frank Falke lachte entschuldigend auf. "Ich versuche gerade den Tannenbaum aufzustellen. Deshalb dieser Aufzug." Er zeigte auf seine Kleidung. "Sind Sie auf dem Friedhof gewesen?" Magda Hinrichsens Mann war vor fast dreißig Jahren gestorben, und immer noch pflegte sie das Grab voller Hingabe. Der Weg zum Friedhof war fast der einzige Weg, den sie mit ihren fünfundachtzig Jahren beinahe täglich noch auf sich nahm.

"Ja, bin ich." Sie sprach mit leiser Stimme. "Wissen Sie, Herr Pastor, der Gottesdienst am Nachmittag mit den vielen jungen Leuten, das ist mir einfach zuviel. Man wird alt, wissen Sie. Und in der Mitternacht, das schaff ich auch nicht, wo der Weg doch so dunkel ist. Und Hinrich hat ja jetzt auch eine eigene Familie, da mag ich ihn nicht immer fragen. Und da geh ich halt am Vormittag zu meinem Mann. Das ist mein Gottesdienst. Und der im Fernsehen natürlich. Aber ..."

"Das ist doch in Ordnung, Frau Hinrichsen."

"Aber ... Herr Pastor ... Ich störe Sie, nicht wahr?"

Frank Falke lächelte. "Nein, keineswegs." Es stimmte zwar nicht, doch das mochte er ihr nicht sagen. "Was haben Sie auf dem Herzen?"

"Ach, ich weiß nicht. Also vorgestern, wegen Klara und Emil, wissen Sie, nein, das können Sie nicht wissen, da waren Sie noch gar nicht hier, das war ja noch Pastor ... Aber ich weiß nicht, ob ich das richtig gemacht habe gestern. Also ..."

"Wollen wir in mein Amtszimmer gehen, damit Sie sich hinsetzen können?"

"Nein danke", Magda Hinrichsen schüttelte den Kopf, "das

geht schon. Also vorgestern abend, im Vereinshaus, wo Sie auch eingeladen waren, hinterher, da sprachen wir doch alle über den Mord bei den Haßlochs." Frank Falke zuckte zusammen. Wie hatte er auch erwarten können, einen ganzen Tag von diesem Thema verschont zu bleiben. "Und dann kamen wir auf Emil zu sprechen, der hat die Raiffeisenfiliale gemacht damals, und auf Klara, und ich fürchte, alle denken nun, Klara und Emil hatten etwas miteinander - wenn das Klara erfährt. Überhaupt stimmt es doch gar nicht, verstehen Sie?"

Magda Hinrichsen seufzte. Die Beichte war vorüber. Frank Falke verstand nichts. Er sagte es ihr.

"Ach, das war so. Das war ein Jahr vor Pauls Geburt, glaube ich. Emil war Witwer, seine Frau war früh gestorben, tragische Geschichte, und Emil, nun ja, er war ein bißchen, wie sagt man, ein Lebemann, obwohl ich nichts Schlechtes über ihn sagen will, ganz ehrlich nicht, aber er war schon ein wenig hinter den Frauen her." Die alte Frau zögerte, schien zu überlegen, ob sie weitersprechen sollte. "Und irgendwie gefiel ihm Klara. Zwischen Walter, das war Klaras Mann, und Emil hat es deswegen sogar einmal richtig Streit gegeben, obwohl Walter doch sonst nie was sagte, aber Klara wollte von Emil gar nichts wissen. Doch vorgestern abend, da habe ich das alles so falsch ausgedrückt, irgendwie, und nun denken bestimmt alle, na ja, ich sagte ja schon."

Sie blickte zu Boden, wirkte verloren in der Garagentür, hinter ihr die Kälte, die von draußen hereindrang. "Und man soll doch auch keine Gerüchte in die Welt setzen, nicht wahr, Herr Pastor?"

"Das haben Sie bestimmt nicht."

"Es war auch nur dieses eine Jahr, irgendwie seltsam, und später haben sich Walter, Emil und Klara sogar richtig befreundet und Emil ist viel auf dem Hof gewesen. Ich glaub, er ist sogar Pauls Pate geworden. Und nun pflegt Klara sein Grab. So ist das manchmal."

Frank Falke nickte zustimmend.
“So ist das Leben, Herr Pastor. Und jetzt ist Paul tot. Wenn ich noch an die drei Geschwister zurückdenke, Paul immer vorneweg und die beiden anderen hinterher. Der Otto hat den Paul damals richtig ein bißchen bewundert, nur Teresa hat ihren Bruder nie so richtig leiden können. Obwohl ich nichts sagen will. War schon seltsam, daß sie damals das Kind von Paul aufgenommen hat, aber wahrscheinlich, weil sie selbst keine Kinder bekommen konnte. Ach, es täte mir schon leid”, sie kehrte zu ihrem ursprünglichen Thema zurück, “wenn ich da irgendwas Falsches in die Welt gesetzt hätte.”
Frank Falke sah sie liebevoll an. Eine alte, aufrichtige Frau, früher lebenslustig und munter, jetzt eher leise, doch immer noch gerade und geradeaus. Er mochte Magda Hinrichsen. Ihm fiel etwas ein: “Sehen Sie, Frau Hinrichsen, gestern morgen ist Heiner Langmaack bei mir gewesen und hat mir alles von dem Abend erzählt. Irgendwie meinte er wohl, der Pastor müsse das wissen. Er hat auch von Emil erzählt, aber von Emil und Klara hat er nichts erzählt. Nein, Sie haben also bestimmt kein Gerücht in die Welt gesetzt.”
Die alte Frau atmete erleichtert auf. “Na dann. Danke, Herr Pastor. Denn will ich man wieder. Sie haben ja auch so viel zu tun. Schöne Weihnachten, Ihnen und Ihrer Frau!”
Sie verabschiedeten sich, Falke wandte sich wieder dem Tannenbaum zu, begann die Rinde vom unteren Teil des Stammes abzuschälen. Eine mühsame, langweilige Arbeit.
“Störe ich?”
Frank Falke drehte sich um, erkannte den Mann, der jetzt in der Garagentür stand, sofort. Es war der Polizist, der ihn auf dem Haßlochschen Hof verhört hatte.
“Nein.” Frank Falke versuchte seinen wachsenden Unwillen zu verbergen, sah beinahe sehnsuchtsvoll zum Tannenbaum. Wenn das so weiterging, würden sie auf den Baum verzichten müssen.

“Na, wahrscheinlich störe ich doch. Aber ich wollte Sie nicht während der Weihnachtsfeiertage belästigen, Pastor Falke. Ich habe mich übrigens noch nicht vorgestellt, oder doch? Meyerbrink ist mein Name, Kommissar. Können wir hier irgendwo ungestört sprechen?”

“Selbstverständlich.” Frank Falke legte das Werkzeug beiseite, entschuldigte sich für einen Augenblick bei seinem Gegenüber, um sich im Gemeindehaus die Hände zu waschen, kehrte gleich darauf zurück. Der Vorraum des Gemeindehauses, das wenige Schritte vom Pastorat entfernt stand, beherbergte die Toiletten, die auch von den Friedhofsbesuchern benutzt wurden. Der Vorraum wurde deshalb in der Regel nicht abgeschlossen.

“Da bin ich wieder.” Er führte den Polizisten, nun mit sauberen Händen, in sein Amtszimmer. Schwerfällig ließ sich Kommissar Meyerbrink in den Sessel fallen.

“Ich hätte noch ein paar Fragen an Sie.” Der Polizist holte ein Notizbuch aus der Jackentasche. “Was wissen Sie über die Bewohner des Hofes? Wie war das Verhältnis der Geschwister untereinander?”

“Stehe ich noch unter Mordverdacht?” Die Frage brannte ihm auf der Zunge.

“Sie?” Der Polizist lachte. “Ehrlich gesagt, nein. Mein Lieblingskandidat waren Sie nie, doch ich glaube, wir können Sie ausschließen.” Er bemerkte Frank Falkes fragenden Blick. “Ich will Ihnen das erklären. Eigentlich darf ich das gar nicht, aber na ja. Wir brauchen nämlich Ihre Hilfe. Also, die Tatwaffe, Sie haben sie ja gesehen, ist ein Küchenmesser, ein Tranchiermesser aus dem dortigen Haushalt. Ein ganz gewöhnliches Ding. An dem Messer selbst sind keine Fingerabdrücke zu finden, der Täter hat ein einfaches Küchentuch benutzt und es um den Griff der Waffe gewickelt. Das Tuch selbst haben wir auch gefunden, ein alter Lappen, der schon lange dort in der Küche benutzt worden ist. Das Ding auf Spuren zu untersuchen, genetische Abdrücke zum Beispiel, ist sinnlos, weil wir wahrscheinlich die Spuren sämtlicher Hausbewohner finden würden. Aber nun kommt es: Nach übereinstimmenden Angaben aller dort im Haus hat das Tranchiermesser seinen Platz in der Küchenschublade, nirgendwo sonst. Die alte Dame des Hauses scheint gewaltigen Wert auf Ordnung zu legen. Am Griff der Küchenschublade haben wir nun eine ganze Reihe von Fingerabdrücken gefunden, genauer: Von sämtlichen Personen, die im Haus waren, ließen sich irgendwelche Spuren nachweisen. Mit einer Ausnahme, und das sind Sie."

"Und was bedeutet das?" Frank Falke war neugierig geworden.

"Das bedeutet zuerst einmal, daß Sie nicht an der Schublade waren und das Messer geholt haben. Dann bedeutet es, daß niemand mit Handschuhen oder mit dem Tuch versucht hat, die Schublade zu öffnen, denn es sind weder Faserspuren noch Verwischungen dort zu finden. Die Spuren des Täters sind also auf dem Griff vorhanden. Also muß einer aus dem Haus das Messer genommen haben, vielleicht am Abend, vielleicht schon am Nachmittag, das wissen wir nicht."

"Kann man die Schublade nicht auch anders öffnen?" Frank Falke war neugierig geworden. Die Sachlichkeit, mit der der Polizist die Angelegenheit behandelte, tat ihm gut. Keine Fragen nach einem verborgenen Sinn, keine metaphysische Tiefendimension, die sich in dem Geschehen offenbarte. Einfach eine Sache, die zu behandeln war. Wie er wohl mit dem Tod umgeht, dachte Falke plötzlich. Ebenso sachlich?

"Die Schublade anders öffnen? Das geht nicht, wir haben es versucht. Das alte Ding klemmt derartig, ohne kräftig am Griff zu ziehen, kriegen Sie die Lade nicht auf."

"Und dieser Vagabund, dieser Willi Tassen?"

"Tja, das ist seltsam. Wir haben seine Abdrücke an der Schublade gefunden und im Wohnzimmer. Er könnte also das Messer genommen haben und dann ins Wohnzimmer gegangen sein. Einer unserer Mitarbeiter von der Spurensicherung ist aber auf die findige Idee gekommen, sich in der Küche noch ein

wenig mehr umzusehen. Und da haben wir seine Abdrücke dann auch noch an einem Löffel in der Schublade und am Griff des Kühlschranks gefunden. Dort hatte er aber nichts zu suchen. Vielleicht hat er sich etwas zu essen geholt, vielleicht das Messer genommen. Beides kann sein. Vielleicht ist er der Mörder. Oder er ist einfach nur in dem Zimmer gewesen, vor dem Mord oder nach dem Mord, das wissen wir nicht, der Ermordete schlief ja, als es geschah, wie Sie wissen. Interessant ist allerdings, daß wir die Abdrücke von Wilhelm Tassen im Wohnzimmer nur an einer einzigen Stelle gefunden haben, und das ist das Portemonnaie des Toten. Andererseits, wenn er so vorsichtig war, das Messer mit einem Tuch zu umwickeln, warum faßt er dann die Geldbörse mit bloßen Händen an. Aber ich glaube, das werden wir bald wissen."
"Wieso?"
"Er lief uns heute nacht in die Arme. Wir haben ihn zur Befragung mitgenommen, da er jedoch stockbetrunken war, kam er erst einmal in eine Ausnüchterungszelle." Der Kommissar räusperte sich. "Ich will Ihnen nichts vormachen. Es sind gerade solche Fälle, Fälle wie diese, die so schwer aufzuklären sind. Dabei sieht es so einfach aus. Sieben Personen - und eine muß es getan haben. Und überall Spuren. Zu viele Spuren, um genau zu sein. Ach ja, am Portemonnaie haben wir auch noch Fingerabdrücke des Bruders des Toten, Ottos gefunden. Und es scheint so, daß die letzte, die die Küchenschublade anfaßte, die Schwester des Toten, Teresa Hellmann war. Oder der Vagabund, wie Sie so schön sagten, das ist nicht eindeutig zu entscheiden. Spuren satt. Aber keine Beweise. Denn da alle im Haus lebten, ist es nur natürlich, daß sie überall Spuren hinterließen. Und selbst die Sache mit der Schublade. Was ist, wenn es nun doch anders war und das Messer ausnahmsweise einmal woanders lag? Ausschließen können wir das nicht."
Frank Falke lief es kalt den Rücken herunter. "Und dann wäre ich wieder ein Tatverdächtiger?"

“Theoretisch ja. Aber ich kann beim besten Willen bei Ihnen kein Motiv erkennen. Sehen Sie, ich habe Ihnen das alles so gründlich erzählt, damit Sie mir helfen. In Fällen wie diesem muß man anders vorgehen. Die Beziehungen der Menschen untereinander sind das eigentlich Interessante. Was können Sie mir über die Familie Haßloch sagen?”
“Ich ...” Die Frage behagte ihm nicht. “Eigentlich nichts.” Frank Falke zögerte. Er wußte wirklich wenig, und war es seine Aufgabe als Pastor, das, was er wußte, der Polizei zu sagen? Die gestrenge Oma, die etwas hysterische Klara, der wortkarge Otto, viel mehr wußte er wirklich nicht. Ach ja, und ein wenig über die Lebensgeschichte von Jasmins Mutter, die geheiratet und dann Jasmin als Pflegekind aufgenommen hatte, da sie keine eigenen Kinder kriegen konnte, und die nach dem frühen Tod ihres Mannes wieder ins Elternhaus zurückgekehrt war. Und natürlich Jasmin, von der er am meisten wußte und am wenigsten sagen mochte.
“Und die Sache mit den Schlüsseln?” versuchte er auszuweichen.
“Ach das.” Der Polizist schüttelte den Kopf. “Sicher, darüber sprach ich ... Aber ... ich habe mir das noch einmal überlegt. Der Herr Tassen war es jedenfalls nicht. Wir haben weder am Treppengeländer noch sonst irgendwo in der oberen Etage seine Fingerabdrücke gefunden. Wahrscheinlich war es das Mädchen. Vielleicht am Morgen, lange nachdem der Mord geschehen war. Es ergibt doch einfach keinen Sinn, alle im Haus einzusperren, und als Alibi taugt es auch nicht viel. Nein, vergessen Sie die Schlüssel.” Er lächelte plötzlich. “Das Leben ist nicht wie ein Agatha-Christie-Roman. Ich frage Sie noch einmal, was wissen Sie über die Hausbewohner?”
Es half nichts. Falke mußte antworten, begann zögernd zu schildern, wie er gerufen worden war, die Aufregung von Frau Hellmann, beschrieb mit dürren Worten die anderen Hausbewohner. Fünf Minuten später verabschiedete sich Kommissar

Meyerbrink. Ob er enttäuscht war, konnte Frank Falke nicht feststellen.
Falke guckte auf die Uhr, Viertel vor elf, er mußte sich jetzt wirklich beeilen. Er verließ das Haus, sah den Polizisten noch davonfahren, ging zur Garage. Die Sonne schien, doch herrschte auch heute klirrende Kälte vor. Dieses Jahr würde es also keine nassen, grünen Weihnachtsfeiertage geben.
Frank Falke betrat die Garage, kniete sich nieder zum Tannenbaum, machte sich wieder an die Arbeit. Er mußte sich jetzt beeilen, verdrängte die Gedanken an Mord und Indizien. Der Baum mußte noch aufgestellt werden, geschmückt, dann das Mittagessen und dann sich konzentrieren auf den Gottesdienst, den ersten in einer langen Reihe. Er nahm erneut den Christbaumständer zur Hand, versuchte, ihn über den Stamm zu schieben. Natürlich ging es noch nicht. Frank Falke griff wild entschlossen zur Säge.
"Moin, Herr Pastor!"
Erschrocken drehte Falke sich um.
"Stör ich?"
Nicht noch einer, dachte Frank Falke.
In der Garagentür stand Heiner Langmaack.

XIX.

"Nimm doch noch einen!" Asmus Ahrholz schenkte beide Gläser voll Sherry, reichte eines Teresa. Sie saßen im Nähzimmer, das anscheinend zum Haßlochschen Wohnzimmer aufgestiegen war. Immerhin fehlten jetzt die Unterhosen von Oma Klara. Der Wäschekorb war leer.
"Auf dein Wohl, Teresa!"
Teresa Hellmann hob zögernd das Glas. Asmus Ahrholz prostete ihr zu. Er hatte die Flasche als Versöhnungsgeschenk mitgebracht, gewissermaßen.

“Das tut mir leid, was ich gestern abend gesagt habe, Teresa. Von wegen Mittäterschaft, Schweigegeld und so. War nicht so gemeint. Willst du noch einen?”
“Nein danke.”
“Jasmin ist noch nicht wieder da?”
Teresa Hellmann schüttelte den Kopf. “Nein”, sagte sie leise.
“Mach dir keine Sorgen.” Asmus Ahrholz rückte ein Stück näher an Teresa heran, schien sie umarmen zu wollen, besann sich aber eines Besseren. “Sie ist bestimmt nicht weit weg. Wetten, daß sie heute abend wieder da ist?”
“Meinst du, Asmus?”
“Bestimmt.” Asmus Ahrholz sah sich im Nähzimmer um. “Sag mal, feiert ihr denn nicht Weihnachten? Oder soll der Tannenbaum etwa hierher? Ist doch ein bißchen klein, oder?”
Teresa schluckte. “Wir feiern kein Weihnachten, ohne Jasmin. Und Oma sagt, auch wegen Paul.”
“Solltet ihr aber.” Asmus Ahrholz´ Stimme klang begütigend. “Und ich sag dir noch mal, die ist bald wieder da. Spätestens, wenn sie Hunger kriegt.”
“Ich weiß nicht. Otto war gestern nachmittag die ganze Zeit unterwegs und hat Jasmin gesucht. Überall. Sie ist weg, sag ich dir, wirklich, das arme Kind. Hoffentlich ist ihr nichts passiert.”
“Bist du sicher, daß Otto Jasmin gesucht hat?”
“Natürlich, wen denn sonst?”
“Na”, Asmus Ahrholz setzte das Glas ab, kratzte sich am Kinn, “gestern vormittag war er auch unterwegs, hat Heiner mir erzählt, und hat Willi gesucht wie ein Verrückter. ‘Der Mörder meines Bruders!’ soll er gerufen haben und: ‘Den bring ich um!’ Immer wieder: ‘Den bring ich um, den Mörder meines Bruders!’ Sagt Heiner jedenfalls.”
“Das glaube ich nicht.” Teresa blickte Asmus erstaunt an. “Otto hält Willi doch gar nicht für den Mörder. Hat er mir gesagt.”
“Na, gestern vormittag war er anderer Meinung. Und Heiner erzählt mir doch keinen Blödsinn. Das war so, ehrlich, das kann-

ste mir glauben. Überhaupt", Asmus Ahrholz sah sich nachdenklich im Nähzimmer um, "irgendwas ist komisch mit Otto. Diese Sache mit dem Geld ..."
"Das versteh ich auch nicht, Asmus. Wirklich nicht. Bei uns wird doch nicht gestohlen. Ich mein, die Sache mit dem Mord ... Aber das geht doch gar nicht, ein Mord und ein Diebstahl an einem Tag, ich meine, wer tut so was, Asmus, und das alles in einer Nacht? Aber wo soll das Geld sonst sein, Otto hat doch nichts mit dem Geld gemacht. Und verlegt haben kann er es auch nicht, weil es doch immer in der Kiste ist. Aber daß jemand klaut ... nein wirklich nicht, und überhaupt geht das nicht. Guck mal, Oma paßt bei uns auf das Geld auf und ..."
"Oma?"
"Ja, das war schon immer so. Sie macht die ganze Buchführung für den Hof, die Steuer und die Finanzen. Neulich hab ich sie mal gefragt, ob sie mir das nicht mal zeigen will, weil, guck mal, Oma wird ja auch nicht jünger, aber da wollte sie nichts von wissen. 'Ich bin noch bei Verstand', hat sie gesagt, und das stimmt ja auch. Oma sagt uns immer, wieviel Geld wir von der Bank abheben sollen, und zählt auch immer genau nach und ..."
"Und das läßt du dir gefallen?" Empörung stieg in Asmus Ahrholz auf. "Teresa, bist doch ein erwachsenes Mädchen!"
Teresa zuckte mit den Achseln. Ratlosigkeit spiegelte sich plötzlich in ihrem Gesicht. "Das war schon immer so. Mutter hat uns immer gesagt, was wir tun sollen. Deshalb ist Otto jetzt bestimmt auch unter Druck, weil er es ja Mutter sagen muß. Aber was ich sagen wollte, Asmus, immer wenn wir Geld abgehoben haben, legen wir es in einen Schuhkarton und schreiben alle Ausgaben auf, das kontrolliert Mutter dann später nach. Und der Schuhkarton steht bei Otto im Zimmer, weil Mutter der Meinung ist, da müßte ein Mann drauf aufpassen, sie ist ja auch nur ´ne schwache Frau. Das kann doch keiner geklaut haben aus Ottos Zimmer, und das Zimmer war doch auch abgeschlossen wie alle Zimmer und ... Asmus, was ist denn?"

Asmus Ahrholz starrte sie mit ungläubigen Augen an. “Du schreibst alles auf, was du ausgibst? Und Oma Klara kontrolliert das, ehrlich?”
“Nein, nicht alles. Ich schreib nur auf, wieviel Taschengeld ich mir genommen habe, wieviel ich für den Haushalt ausgegeben habe, und lege die Quittungen dann in den Karton, wieviel Taschengeld ich Jasmin gegeben habe und ...”
“Arme Deern. Du bist doch kein Kind mehr.”
“Mutter weiß schon, was richtig ist. Weißt du, als ich mit Jasmin wieder hierherzog, da hab ich einmal versucht zu schummeln, weil ich war das doch nicht mehr gewohnt mit dem Aufschreiben, weil ich doch meinen eigenen Haushalt gehabt habe und mein Mann hat mir immer vertraut. Aber du, das hat einen Krach gegeben, daß ich fast wieder ausgezogen wär, richtig häßlich war Mama. Aber ich wußte doch auch nicht, wohin, und es war ja so nett, daß ich hier wieder wohnen durfte. Und wir haben es ja auch gut hier. Mutter kann toll wirtschaften, konnte sie schon immer, das muß man ihr lassen. Wahrscheinlich gäb es ohne sie den Hof schon lang nicht mehr. Otto braucht sich um nichts zu kümmern, Mutter sagt ihm immer Bescheid.”
“Oma hat alles im Griff, wie?” In Asmus Ahrholz´ Kopf begann sich ein Gedanke zu formen. Daß Oma Klara ein kleiner Deibel war, hatte er schon immer gewußt, aber daß Teresa und Otto praktisch kein eigenes Geld in der Tasche hatten, war ihm neu. Nur mal angenommen, Paul hätte wirklich Geld gehabt, wäre da nicht für Teresa die Versuchung groß gewesen, sich das Geld zu besorgen und ... nein, der Gedanke wollte ihm doch nicht schmecken ... und sich da des ungeliebten Bruders gleich mit zu entledigen? Oder Otto hatte Pauls Geld genommen, nein, das ergab keinen Sinn, Otto hatte ja selbst kein Geld. Oder Teresa hatte Ottos Geld genommen, um dann Paul die Sache in die Schuhe zu schieben, doch das war auch Unsinn. Nein, eher noch Jasmin. Ja, er ahnte plötzlich, wo Ottos Geld geblieben

war. Und um abzuhauen brauchte man doch auch Geld, oder? Er überlegte, ob er Teresa dies sagen sollte, entschied sich aber anders. Er hatte gestern abend schon zu viel gesagt. Irgendwie mochte er Teresa, vielleicht sogar mehr, als sich gehörte, und ...

“Da bist du ja.” Oma Klara stand in der Tür. “Tag Asmus. Es ist halb zwölf. Soll es heute kein Mittagessen geben?”

“Entschuldigung, Mutter.” Teresa Hellmann stand ängstlich auf. “Ich geh gleich in die Küche. Sofort.”

“Stammt die Flasche von dir, Asmus?” Oma Klara deutete auf den Sherry. “Ich weiß nicht, was es hier zu feiern gibt. Mein Sohn ist ermordet worden von diesem schrecklichen Landstreicher, meine Enkelin ist weg - und ihr betrinkt euch. Schämen solltest du dich, Asmus! Und du auch, Teresa. Geh jetzt in die Küche.”

“Aber Oma Klara.” Asmus mußte der Versuchung widerstehen, zu Boden zu gucken. Omas eisiger Ton konnte einen glatt hinwerfen. “Wo doch Weihnachten ist.”

“Weihnachten fällt aus.” Sie bellte es beinahe. “Für uns gibt es dieses Jahr kein Weihnachten. Nicht nach alldem.”

“Na, dann geh ich wohl besser mal.” Asmus Ahrholz erhob sich, verabschiedete sich kurz. “Ich komm wieder vorbei, Teresa.”

“Aber ohne Flasche.” Oma mußte doch immer das letzte Wort haben. Asmus Ahrholz verließ das Nähzimmer, trat auf den Flur, ging durch die Küche hinaus nach draußen. Bedächtig schloß er die Küchentür. Otto kam aus dem Stall auf ihn zu.

“Gut, daß ich dich noch sehe, Asmus. Ich muß mit dir reden.”

“Das trifft sich gut.” Asmus Ahrholz wartete, bis Otto über den Hof zu ihm gekommen war. “Was ist nun mit dem Geld?”

“Eben, darüber will ich ja reden.” Otto senkte seine Stimme, zog Asmus Ahrholz vom Haus weg in eine Ecke des Gebäudes, direkt neben dem Hühnerstall. Die Hühner gackerten, beruhigten sich wieder. “Red nicht so laut, bitte. Du kriegst dein Geld

noch, ehrlich. Doch laß mir Zeit. Weißt du, aber sag es Oma nicht, Willi hat das Geld gestohlen."
"Willi?"
"Ja, deshalb hab ich ihn ja auch so gesucht gestern."
"Aus dem Schuhkarton oben in deinem Zimmer? Willi?"
Otto schaute Asmus Ahrholz verblüfft an. "Wer hat dir was vom Schuhkarton erzählt?"
"Teresa hat gesagt, daß ihr das Bargeld immer im Schuhkarton habt und daß Oma immer alles kontrolliert. Mensch Otto, daß du dich von der Alten noch so bevormunden läßt, hätte ich nicht gedacht. Aber davon ganz ab, Willi war doch nicht in deinem Zimmer oben, oder?"
"Laß meine Mutter in Ruhe!" Plötzliche Zornesfalten zeigten sich auf Ottos Stirn. "Das ... das hätte ich von dir nicht gedacht." Ottos Lautstärke steigerte sich. "Das hat dir Teresa eingeredet, die stänkert ja immer gegen Mutter. Aber wer hat das hier alles erhalten? Mutter und ich! Wir beide! Und Schwester Teresa kommt und setzt sich ins gemachte Nest. Und das mit dem Schuhkarton, so ein Quatsch! Ich hatte das Geld in die Kommode im Flur getan, in die oberste Schublade, und wenn ich dir sage, daß Willi da das Geld rausgenommen hat, dann war das auch so. Hast ja gehört, wie er am Morgen weggerannt ist. Wie ein gemeiner Dieb. Und das ist er auch!"
"Aber", Asmus Ahrholz schüttelte sich, "Teresa hat gesagt, daß das Geld im Schuhkarton war und ..."
"Teresa hat gesagt, hat sie gesagt, ja? Und du glaubst ihr? Natürlich, alle glauben ihr. Die arme Teresa." Ottos Stimme bebte vor Wut. Ein kalter Schauer durchlief Asmus Ahrholz. "Aber ich will dir mal was erzählen. Wir waren Kinder, alle drei, Paul, Teresa und ich, und da sind wir in die Speisekammer geschlichen und haben Marmelade genascht. Aber nur einmal, das kann ich dir sagen. Natürlich hatte Paul uns angestiftet, das war ja immer so, und Vati hat uns dabei erwischt, doch das war nicht weiter schlimm, weil Vati sagte ja nie was. Aber Mutter

ist dazugekommen, wie immer hart und gerecht, und wir durften drei Wochen lang keine Marmelade mehr essen, Paul und ich, nur Teresa, die durfte. 'Ich war nicht dabei', hat sie immer wieder gesagt, 'ich war nicht dabei', und alle haben ihr geglaubt. So war das immer. Du, da könnte ich dir noch mehr erzählen. Jeder glaubt Teresa, immer. Das Geld war in der Kommode, sage ich dir, so war das."
"Ist ja schon gut." Asmus Ahrholz waren die seltsamen Enthüllungen peinlich. "Und wann kriege ich nun mein Geld?"
"In einem Monat, in Ordnung? Bis dahin müßte ich es zusammenhaben."
"Gut, in Ordnung. Na dann", Asmus Ahrholz wandte sich zum Gehen, "fröhliche Weihnachten!"
"Weihnachten fällt bei uns aus."
Ohne noch ein Wort zu sagen, stapfte Otto davon.

XX.

"Fröhliche Weihnachten! Fröhliche Weihnachten!"
Der dicke Weihnachtsmann am Eingang des Kaufhauses rief es immer wieder. Jasmin sah ihn angewidert an, drängte sich in der Menge an ihm vorbei, würdigte ihn keines Blickes. Sie ging ins Kaufhaus hinein, ließ sich von der Menge treiben, erspähte den Weg zur Kosmetikabteilung. Es war kurz vor halb eins. Sie war in Hamburg, irgendwie hatte es sie hierhergezogen, weg aus der Provinz, hinein in die große Stadt. Jasmin wurde vorwärtsgestoßen, gedrängt, schubste verärgert zurück. Die Menschen um sie herum waren gehetzt, von Eile getrieben, wahrscheinlich auf dem Weg zu einem letzten Geschenk, schnell, bevor das Kaufhaus schloß. Ich habe Zeit, fuhr es Jasmin durch den Kopf, alle Zeit, viel zu viel Zeit. Sie wußte nicht, wie sie die folgenden Stunden und Tage verbringen sollte. Nur eines stand fest: nicht nach Hause zurück. Niemals.

Plötzliche Traurigkeit durchflutete sie. Und es war Weihnachten. Na und, ein Tag wie jeder andere, dachte sie trotzig. Sie hatte die Kosmetikabteilung erreicht, suchte die Auslagen mit den Lippenstiften. Wie immer hatte ihre Mutter etwas dagegen gehabt, daß sie sich Lippenstifte kaufte, aber sie war doch nun wirklich kein Kind mehr. Und wie immer war es dann Oma gewesen, die sie angegiftet hatte, als sie dann doch einmal bei einer Freundin einen Lippenstift ausprobiert hatte. Jasmin griff ins Regal, ein knallschwarzer Lippenstift gefiel ihr, ein Blick zur Kasse, die Verkäuferinnen waren viel zu beschäftigt, um irgend etwas zu bemerken. Sie wollte den Stift ja auch nicht klauen, nur ausprobieren, kaufen kam nämlich nicht in Frage. Langsam wurde das Geld knapp. Sie hatte ihr ganzes gespartes Taschengeld mitgenommen, aber trotzdem. Heute morgen hatte sie wieder bei McDonalds etwas gegessen, hier in Hamburg, gleich nachdem sie hierher getrampt war. Und auch jetzt spürte sie schon wieder Hunger. Kaufen kam also nicht in Frage und klauen - irgendwie war das nicht ihr Ding. Nicht daß sie Angst gehabt hätte, das nicht, nein, es war unter ihrer Würde. Ebenso wie sie keinen Bock auf Betteln hatte. Blieb also nur das Ausprobieren. Noch immer schaute die Verkäuferin weg. Jasmin drehte den Lippenstift auf, bemalte eilig ihre Lippen, warf ihn in die Auslage zurück. Nun aber nichts wie weg.
Minuten später stand sie wieder auf dem Bürgersteig. Die Fußwege leerten sich allmählich, immer mehr Geschäfte schlossen. Ahnungen von Einsamkeit überkamen sie, krochen beängstigend ihren Leib hoch. Heiligabend, Weihnachten, allein in der großen Stadt. Von überall sprang ihr die Weihnachtsdekoration entgegen. Irgendwo in der Ferne dudelte das Lied *Stille Nacht.* Vor dem Kaufhaus verausgabte sich immer noch der dicke Weihnachtsmann. Inzwischen krächzte er nur noch. Ob sie jetzt zu Hause wohl auch alles vorbereiteten? Gestern war dort vom Fest noch keine Rede gewesen. Aber heute? Egal, sie machte sich sowieso nichts aus Weihnachten.

Auf der anderen Straßenseite sah sie einen Polizisten. Instinktiv drehte sie sich um, versuchte aus seinem Blickfeld zu kommen. Ob sie schon gesucht wurde? *Jasmin Hellmann, entflohen von zu Hause, schlafwandelnde Mörderin des ekligen Paul ...* Was wußte sie, was die zu Hause alles über sie erzählt hatten. Wenn sie nur selbst wüßte, genau wüßte, was geschehen war. Doch zu Hause glaubte ihr sowieso keiner. Hatte sie Paul umgebracht? Ganz bestimmt nicht, oder?
Sie ging jetzt wieder langsamer, kein Polizist war mehr zu sehen. Ihre tote Katze fiel ihr ein, der Mecki. Wenn wenigstens Mecki noch da wäre. Aber Oma hatte ihn vergiftet, mochten die anderen reden, was sie wollten. Mecki war lieb gewesen. Immer war er auf ihren Schoß gekommen, schnurrend, sehnsüchtig danach, gestreichelt zu werden. Mecki mochte sogar Techno, Jasmin erinnerte sich, wie oft sie mit voll aufgedrehtem Walkmann und Mecki auf dem Bauch auf ihrem Bett gelegen hatte. Manchmal war Mecki auch bei Onkel Otto gewesen, Katzen waren schon komisch, doch meistens war Mecki zu ihr gekommen. Aber Mecki war tot. Vielleicht war sie ja auch bald tot. Warum eigentlich nicht? Ohne daß sie es verhindern konnte, rollte eine Träne ihre Wange herunter. Jemand rempelte sie an. "Du Blödmann!" entfuhr es ihr.
"Entschuldigung." Jasmin schaute in ein verträumtes, glückseliges Gesicht. "Fröhliche Weihnachten!" Der Mann eilte weiter. Wahrscheinlich nach Hause, dachte Jasmin.
Noch mehr Tränen rollten.

XXI.

"Fröhliche Weihnachten, Annette!"
"Fröhliche Weihnachten, Frank!"
Sie standen im Wohnzimmer, die Kerzen am Weihnachtsbaum brannten, die Anstrengung des Nachmittagsgottesdienstes lag

hinter ihm. Die Kirche war brechend voll gewesen, das Krippenspiel war gut gelaufen, und er hatte den deutlichen Eindruck gehabt, daß die Menschen diesmal seiner Predigt intensiv zuhörten. Nun, wann hörte man schon eine Mordspredigt wie diese? Am Anfang hatten die Zuhörer geschluckt, als er mit dem Mordfall im Hause Haßloch begonnen hatte, doch hatte er dann das Thema schnell verlassen. Frank Falke spürte noch gut seine innere Anspannung während der Predigt, des Gottesdienstes, die ihn erst zum Schluß beim Segen ein wenig verlassen hatte. Und dann die Anstrengung des Händeschüttelns beim Verabschieden am Ausgang, vierhundert Hände, vierhundert Gesichter, vierhundertmal "Fröhliche Weihnachten" sagen. Und dann die Haßlochs, alle waren sie dagewesen, bis auf Jasmin, die Traurigkeit in ihren Gesichtern, die Ernsthaftigkeit, jeder auf seine Art: Teresa Hellmann entsetzt, Otto Haßloch gepanzert, die Oma starr. Weihnachten, das keinen Boden fand. Frank Falke versuchte die aufkeimenden Gedanken, die allzu frischen Bilder aus seinem Kopf zu verdrängen, sah Annette an. Nicht jetzt. Für ein paar Stunden war er nun nicht mehr Pastor, auch nicht Verdächtiger oder Detektiv, für ein paar Stunden gehörte die Zeit ganz Annette und ihm. Privat, ein seltenes Wort im Pastorenleben. Eine kurze Zeit am Heiligabend. Genaugenommen bis kurz vor elf, dann mußte er sich auf den Mitternachtsgottesdienst vorbereiten.

"Wie schön du den Baum geschmückt hast, Frank." Annette sah ihn liebevoll an. "Ist er doch noch fertiggeworden."

"Ja. Und du ... Wie gut das Essen riecht. Und wie schön du hier alles gemacht hast."

Sie umarmten sich, setzten sich zum Essen, aßen voller Ruhe und Genuß. Kein Gedanke an Mord und Totschlag zog durch seinen Kopf. Nach dem Essen kam das Geschenkeauspacken, zuerst die Päckchen und Pakete der Onkel und Tanten, der Eltern. Zum Schluß kamen ihre eigenen Geschenke. Die Weihnachtsstube glich jetzt einem Schlachtfeld, das Essen stand

noch auf dem Tisch, überall um sie herum lagen Kartons, Geschenke und Packpapier, Schnüre, Geschenkpapier. Die Kerzen am Tannenbaum waren weit heruntergebrannt. Eine behagliche Zeit, dachte Frank Falke, inmitten der Stürme dieser Tage. Im Grunde seines Herzens war er romantisch, und er wußte es. Annette packte gerade sein erstes Geschenk aus.
“Ohrringe! Oh, sind die schön!” Annette war entzückt. Sie hielt die handtellergroßen Gebilde in ihrer Hand. Frank Falke lächelte verlegen. “Die sind aus Afrika. Ich weiß ja, wie sehr du die afrikanische Kunst magst. Obwohl ... wahrscheinlich wirst du sie nicht tragen mögen, aber ...”
“Wer sagt das?” Annette lachte. “Du meinst, daß sich eine Frau Pfarrer nicht traut, mit solchen Ohrringen herumzulaufen? Da kennst du mich aber schlecht. Oder macht es dir etwas aus?”
“Nein”, er zögerte, dachte an das Gerede in der Gemeinde, gab sich einen Ruck. “Nein, wirklich nicht.”
“Jetzt bist du dran mit deinem Geschenk!” Sie reichte ihm ein schweres Paket, der Form und dem Gewicht nach ein Buch, wie Frank Falke sofort registrierte. Er wickelte das Geschenkpapier aus, war ungeduldig, riß die Klebstreifen mit Gewalt ab. Ein großer Bildband von M. C. Escher kam zum Vorschein. *Optische Täuschungen* lautete der Titel.
“Vielen Dank!” Er gab Annette einen Kuß. Er liebte Eschers rational-irrationale Bildnisse, diese Verwirrung der Perspektiven, der Ordnungen, die jedoch ganz logisch erschien. Inzwischen hatte Annette begonnen, sein zweites Geschenk auszupacken, entdeckte die dadaistischen Gedichte, bedankte sich überschwenglich.
“Ist es dir nicht schwergefallen, das abzuschreiben, wo es doch für dich eher Unsinn als Sinn ist?”
“Für dich nicht.” Er lächelte. Sie reichte ihm das nächste Geschenk. Es war eine Tonfigur, wie er spürte. Schon lange hatte Annette keine Figur mehr für ihn gemacht. Er packte sie aus. Die Figur stellte einen einzelnen Mann dar, die Hände unsicher

nach vorne gestreckt, den Blick in irgendeine Ferne gerichtet. "*Der Suchende*", erläuterte Annette. "Manchmal kommst du mir so vor, wie jemand, der auf der Suche ist, der noch nicht alles gefunden hat und", sie zögerte, "vielleicht auch immer wieder neu suchen wird."

Er sah die Figur an. Annette schaffte es immer wieder, ihren Figuren einen unverwechselbaren Ausdruck zu geben, eine Stimmung, eine Absicht auf den Punkt zu bringen. Aber war er wirklich ein Suchender? Zur Zeit kam er sich vor allem müde vor, unsagbar müde. Annette reichte ihm ein weiteres Geschenk, wieder ein Buch, wie er durch Tasten erspürte. Er packte es aus. *Der Mord in der Rue Morgue* las er. Ein Kriminalroman. Frank Falke runzelte die Stirn. Normalerweise las er keine Kriminalromane, lediglich vor ein paar Jahren hatte er einmal auf Empfehlung eines Kollegen den Roman eines Dorfpastoren gelesen, der in seinem Dorf scheußliche Ereignisse angesiedelt hatte. Zugegebenermaßen und für ihn überraschend hatte ihm die Lektüre Spaß gemacht, dennoch war es nicht seine Art von Literatur.

"Ein Kriminalroman?" Er sah Annette fragend an.

"Von Edgar Allan Poe. Der erste Kriminalroman der Geschichte. Irgendwie hatte ich das Gefühl, du solltest ihn haben."

"Hat das mit deiner Frage von vorgestern zu tun?" Er fühlte leichte Verärgerung in sich aufsteigen. "Was dieser Mordfall, was all diese Mordfälle mit mir zu tun haben."

Annette lächelte. "Nein. Kein pädagogischer Zeigefinder, wenn du das meinst. Nichts dergleichen. Einfach", sie suchte nach Worten, "eine Stimmung, eine ... nenn es Laune, wenn du so willst. Ich hatte Lust, ihn dir zu schenken."

Der sich ausbreitende Ärger verflog. "Na dann, danke schön. Und weißt du, ich werde ..."

An der Tür klingelte es. "Wer kann das denn sein?" entfuhr es ihm. Unwillig ging er zur Tür. An der Haustür stand Alfred Langbehn, der Küster.

"Herr Pastor", Alfred Langbehn wirkte völlig außer sich, "Herr Pastor, gucken Sie sich das an!" In der Hand hielt er den Kollektenkorb. Deutlich zu sehen, lagen etliche Hundertmarkscheine oben auf. Frank Falke staunte.
"Das sind mehr als fünftausend Mark! Haben Sie so was schon mal erlebt? Das glaube ich einfach nicht, das kann doch nicht wahr sein. Ich habe das dreimal gezählt, das sind fünftausendsechshundertdreiundzwanzig Mark und siebenundzwanzig Pfennige. Über fünftausend, unglaublich! Ich mein, das mit den sechshundert Mark, das laß ich mir ja gefallen, das hatten wir vor vier Jahren schon mal zu Weihnachten, aber die fünftausend. Was soll ich denn tun, Herr Pastor?"
Frank Falke schaute ihn ratlos an. Ohne nachzudenken, nahm er das Geld in die Hand, blätterte mit den Hundertmarkscheinen. Der Küster sprach aus, was auch er dachte: "Wer tut so etwas, Herr Pastor?"
"Ich ... ich weiß nicht." Fünftausend Mark in der Weihnachtskollekte, einfach so hineingegeben. Ein Wunder der Weihnacht ... oder ... Irgend etwas war an der Sache nicht geheuer.
"Malunke, der Reifenhändler, war nicht mal da", Alfred Langbehn begann laut zu überlegen, "obwohl der das sowieso nie getan hätte, der hat ja nicht mal was für den Spielplatz gegeben. Aber Herr Pastor, wer dann?"
Gesichter zogen an Frank Falke vorüber. Gesichter von Menschen, die er im Gottesdienst gesehen hatte, die er angeschaut hatte bei der Verabschiedung an der Tür. Fröhliche Gesichter, ernste Gesichter, aber keines, das wie das eines heimlichen Heiligen gewirkt hätte. Die Haßlochs fielen ihm wieder ein, es war ihre erste Begegnung seit dem Morgen des Mordes gewesen. Er hatte versucht, noch im Gedränge ein paar passende Worte zu finden, doch es war hoffnungslos gewesen, in zwei Sekunden Trost spenden zu wollen und sich dann dem nächsten Gesicht, dem nächsten Menschen zuzuwenden. Außerdem - welchen Trost? Und dennoch, unter all diesen Menschen ein

guter Geist, ein edler Spender, der mehr als ein Monatsgehalt in den Opferstock getan hatte? Oder etwa nicht? Ein Gedanke kam ihm.
“Sind Sie sicher, daß das Geld erst heute abend in die Kollekte kam?”
“Wann denn sonst?” Der Küster sah ihn verständnislos an. “Letzten Sonntag habe ich den Opferstock geleert, und zwischendurch hatten wir keinen Gottesdienst, wissen Sie doch, nicht mal ´ne Hochzeit oder ´ne Beerdigung. Nichts. Und fünftausend Mark wirft man ja auch nicht einfach so weg.”
“Also weggeworfen ist es ja nun auch nicht.” Leichter Ärger überkam ihn. “Es ist eine Spende.”
“Mein ich ja. Und was mach ich jetzt mit dem Geld?”
Frank Falke dachte nach. An und für sich war die Sache klar, das Geld war in der Kollekte, und damit war gehörte es der Kirche - beziehungsweise dem guten Zweck, für den es gestiftet war. Heiligabend war die Kollekte immer für *Brot für die Welt* bestimmt. Andererseits ... über fünftausend Mark ...
“Es war in der Kollekte ...” Frank Falke überlegte laut. “Ich weiß auch nicht. Das Geld muß ja jemand freiwillig dort hineingetan haben. Am besten schließen Sie es erst einmal gut weg. Und dann ... Wir werden ja sehen.”
“Na ja ...” Der Küster räusperte sich, zeigte deutlich, daß er mehr erwartet hatte. “Mach ich, Herr Pastor. Dann bis nachher.” Unzufrieden ging er in die Dunkelheit davon. Frank Falke schaute ihm ratlos nach. Fünftausend Mark, irgendeine Erinnerung kam in ihm hoch. Ach ja, heute morgen, Heiner Langmaack, der hatte doch auch etwas von solch einer Summe erzählt. Falke mußte sich eingestehen, daß er nicht so genau zugehört hatte. Asmus Ahrholz hatte das Geld gefehlt, wegen einer Egge, die Otto ... Ja, Otto hatte Asmus Ahrholz nicht den Kaufpreis für die Egge in Höhe von fünftausend Mark zahlen können, so war es gewesen. Und nun tauchte genau diese Summe in der Heiligabendkollekte auf. Aber das ergab keinen Sinn.

Frank Falke schüttelte sich leicht, atmete tief durch, wollte die Haustür schließen. Drüben beim Gemeindehaus brannte Licht im Vorraum. Wie so oft hatte jemand vergessen, das Licht auszuschalten. Nicht selten brannte es die ganze Nacht hindurch, was wirklich nicht nötig tat.
"Ich bin gleich wieder da", rief er ins Haus hinein. Vom Wohnzimmer aus bestätigte ein Brummen, daß er gehört worden war. Frank Falke zog sich Schuhe und Mantel an, ging hinüber zum Gemeindehaus. Auch diese Nacht war kalt, ebenso wie die Nächte vorher. Er öffnete die Tür zum Gemeindehaus. Plötzlich blieb er wie angewurzelt stehen. Unter einer Jacke verborgen, lag jemand im Vorflur. Er erkannte sie sofort.
"Du hier?"
"Na und?" Jasmin schälte sich aus der Jacke heraus, die sie zum Schlafen über sich geworfen hatte, richtete sich auf. Instinktiv machte Frank Falke einen Schritt zur Tür. So ein Unsinn, fuhr es ihm durch den Kopf, er konnte sie ja schlecht wie eine Gefangene festhalten. Er verließ den Platz an der Tür, ging auf Jasmin zu, hockte sich neben sie.
"Wie geht es dir?"
"Mies, wenn ich ehrlich bin."
Die heilige Nacht, dachte Frank Falke plötzlich. Überall auf der Erde irrten in dieser Nacht Menschen umher, wie in so vielen Nächten, fanden keinen Platz, vertrieben, verfolgt, auf der Flucht, und auch in dieser Nacht starben wieder Tausende und Zigtausende an den Folgen ihrer Armut. Auch Jesus hatte nur einen Platz in einer Viehkrippe gefunden, Jasmin auf dem kalten Fußboden des Gemeindehauses. Aber einen Platz brauchte doch schließlich jeder.

XXII.

Kein Platz in der Krippe, fuhr es Annette durch den Kopf. Es war wieder einer dieser Sätze, deren Bedeutung sie mehr erahnte als erkannte. Annette sah Jasmin an.

“Na, geht es jetzt wieder besser?”

Sie hatte nicht schlecht gestaunt, als Frank vor etwas über einer Stunde mit Jasmin ins Haus gekommen war. Irgendwie war es ihm gelungen, das Mädchen davon zu überzeugen, nicht gleich wieder wegzulaufen. Inzwischen war Jasmin gebadet, hatte etliches gegessen, und Frank war hinübergegangen in die Kirche zur Mitternachtsmette. Die beiden Frauen saßen zusammen am Wohnzimmertisch.

“Etwas schon.” Jasmins Blick wirkte nicht eben freundlich.

“Deine Eltern ...” Annette sah, wie Jasmin förmlich zusammenzuckte.

“Ich habe es nicht getan”, platzte es aus Jasmin heraus. “Alle denken es, aber ich war es nicht.” Jasmin sprang auf, eilte zur Tür.

“Bleib hier.” Annettes Stimme bekam einen flehentlichen Ton. “Hör mir doch wenigstens zu. Nachher kannst du ja immer noch gehen.”

Jasmin sah sie verblüfft an. “Meinen Sie das im Ernst?”

Annette nickte. “Ja. Du kannst bei uns schlafen, wenn du willst. Einverstanden?” Was rede ich, dachte sie plötzlich. Was Frank wohl dazu sagen würde, Frank in seiner Erschöpfung, in seiner Sehnsucht nach Ruhe und Abgeschiedenheit, nach einem kleinen Eckchen Privatheit, Frank mit seiner Aufgabe, mit seiner Bestimmung, die zu erkennen er sich nach wie vor weigerte. Aber andererseits - man konnte dieses Mädchen hier doch auch nicht einfach seinem Schicksal überlassen. Und Frank, auch da war sie sicher, konnte ihr bestimmt helfen.

Jasmin kam von der Tür zurück, setzte sich wieder. “Ich kann wirklich bei Ihnen bleiben?”

“Ja, das kannst du. Aber”, Annette hielt inne, wollte von den Eltern sprechen, die dennoch benachrichtigt werden mußten, überlegte es sich anders. “Wie kommst du darauf, daß alle denken, du hättest es getan?”
“Na, ist doch klar. Meine Tür. Alle Türen sind abgeschlossen, wie in einem Käfig, nur meine nicht, das heißt, war sie schon, aber von mir und von innen. Also”, Jasmin lehnte sich lässig in ihrem Stuhl zurück, “also war ich das. Na klar. Klar wie Kloßbrühe. Nur daß ich es nicht getan hab. Und deshalb hab ich ´ne Fliege gemacht. Verstehen Sie, Frau Pastor?”
“Ist das alles? Nur wegen der Tür?”
“Reicht Ihnen das nicht? Also einmal Knast und versauern, das ist mehr als genug.”
Wie cool sie tut, dachte Annette. Sie war ganz sicher, daß es in Jasmins Innern ganz anders aussah. Wie der schwarze Lippenstift, der auch so viel verdeckte. Annette konnte nicht umhin, immer wieder auf Jasmins Lippen zu schauen. Die schwarzen Lippen übten einen gewissen Reiz aus, wie Annette zugeben mußte.
“So schnell kommt man nicht ins Gefängnis”, widersprach sie.
“Sagt sich ziemlich leicht für einen, der nicht dabei war.”
“Stimmt.” Wo sie recht hat, hat sie recht, dachte Annette. Auf einmal überkam sie eine Ahnung. “Sag mal”, sie wußte nicht, wie sie es richtig sagen sollte, “gibt es da noch irgend etwas anderes, außer der Tür, weswegen du dir Sorgen machst?”
Das Mädchen schaute sie mit großen Augen an. “Nee ... nein ...”
“Wo bist du überhaupt die beiden Tage gewesen?”
“Überall und nirgends. In Hamburg. In Lübeck. Mensch, das hätten Sie sehen sollen”, Jasmin lehnte sich lässig noch weiter nach vorn, rutschte fast vom Stuhl, “in Lübeck, da haben die Bullen einen Punk gejagt, der ist gelaufen wie sonstwas, und die mit ihren Knüppeln immer hinterher. Die hätten den glatt zu Brei gemacht, wenn die den erwischt hätten. Ehrlich. Und in

Hamburg, da haben die Skins in der U-Bahn einen Neger abgestochen, steht morgen bestimmt in der Zeitung, brutal mit ihren Messern immer wieder rein in den Bauch. Also ich glaub nicht, daß der das überlebt hat. Ist morgen bestimmt im Fernsehen, oder heute nacht schon. Der hat geblutet wie ein Schwein. Aber ich habe nichts abbekommen, fast ja, ging aber gut." Jasmins Augen leuchteten in einer Art seltsamer Begeisterung. Annette schaute sie entgeistert an. "Ja, so war das. Ist mies die Welt, sag ich Ihnen. Was kann der denn dafür, daß er ´ne andere Hautfarbe hat?"
"Du hast schon eine schlimme Zeit erlebt."
"Kann man wohl sagen. Und ich könnte Ihnen noch mehr erzählen."
Annette kam eine Idee. "Weißt du, daß ich Tonfiguren mache?" Jasmin verneinte, wirkte irritiert über den Themenwechsel. "Da drüben steht eine", Annette deutete auf die Figur des *Suchenden,* "ich habe sie für Frank, für meinen Mann gemacht. Und schon seit langem habe ich die Idee für eine Figur im Kopf. Sie soll *Der Schrecken* heißen, eine Frau voller Angst, und all ihre Angst nimmt Gestalt an. Wirkliche Ungeheuer entstehen aus ihren Ängsten um sie herum. Verstehst du, die Angst nimmt Gestalt an, wird lebendig. Aber ich habe bisher noch nicht die richtige Art gefunden, das auszudrücken."
"Na und? Ich habe keine Angst." Jasmin schob trotzig das Kinn vor. Dennoch konnte Annette sich des Eindrucks nicht erwehren, daß Jasmin das Gleichnis verstanden hatte. Sie deutete auf den Tannenbaum, dessen Kerzen schon seit langem niedergebrannt waren.
"Soll ich neue Kerzen hineinmachen? Hilfst du mir?"
"Ist mir doch ... Ja." Jasmins Stimme wurde plötzlich sanft, fast hilflos. "Das wäre schön. Ich helfe Ihnen."
Die beiden Frauen standen auf, begannen, neue Kerzen in die Kerzenhalter zu stecken. Annette gab Jasmin die Streichhölzer. Vorsichtig entzündete das Mädchen Kerze für Kerze.

“Das ist schön.”
“Ja, nicht wahr?”
Schweigend betrachteten beide den geschmückten Baum im Licht der Kerzen. Weihnachtsstimmung kam auf. Einige Minuten verstrichen.
“Bleibst du nun bei uns?” unterbrach Annette die Stille.
“Ja.”
“Wir müssen trotzdem aber deiner Mutter Bescheid sagen. Damit sie sich keine Sorgen mehr macht.” Jasmin nickte. “Am besten telefoniere ich gleich, einverstanden?”
“Und ich kann wirklich hierbleiben?”
“Ja.” Annette ging zum Telefon, suchte die Nummer von Frau Hellmann heraus. Sie war sofort am Apparat. Ein Wortschwall überfiel Annette, Seufzer, Laute der Erleichterung, Worte und Worte. Wenige Minuten später legte Annette auf. Es war nicht einfach gewesen, doch am Ende war Frau Hellmann einverstanden, daß Jasmin für ein paar Tage im Pfarrhaus blieb. “Wenn es für das Kind das Beste ist, Frau Pfarrer”, immer wieder war diese Floskel gefallen. Und: “Aber Jasmin kommt doch bestimmt wieder zu mir zurück, nicht wahr?” Annette hatte vorsichtig zugestimmt. Sie ging ins Wohnzimmer zurück. Jasmin war auf dem Stuhl eingeschlafen. Annette blieb an der Tür stehen. Ein sonderbares Mädchen, dachte sie. Annette war sich ziemlich sicher, daß Jasmins Geschichten über die Polizei, die einen Punker jagte, und über den Farbigen, der in der Hamburger U-Bahn erstochen wurde, nicht der Wahrheit entsprachen. Nicht unserer Wahrheit, fiel ihr ein. Ihrer schon. Jasmins Welt mußte von Gewalt praktisch überfüllt sein. Gewalt, die keinen Ausdruck fand, außer in ihren Geschichten.
Annette schaute Jasmin an, überlegte. Früher oder später mußte sie das Mädchen wecken, es konnte nicht gut die ganze Nacht auf dem Stuhl schlafen, hatte ein Bett verdient. Sie entschied sich, es jetzt zu tun, ging ins Zimmer, legte ihre Hand sanft auf Jasmins Schulter. “Jasmin.”

“Halt! Hilfe!” Jasmin riß die Augen auf, schrie. “Nein! Nein!”
“Ist doch schon gut.” Annette nahm Jasmin in ihre Arme. “Ist doch schon gut.” Jasmin starrte sie an. Tränen rollten plötzlich über ihr Gesicht. “Sie müssen mir helfen, bitte! Bitte helfen Sie mir.”
“Es wird bestimmt alles gut. Wobei soll ich dir helfen?”
“Der Mörder. Der Mörder ist im Haus. Und alle denken, ich bin es. Ich bin es aber nicht. Wir müssen den Mörder finden, bitte!”
“Wir reden darüber. Aber jetzt zu Bett. Du mußt doch hundemüde sein.”
“Ich bin ganz wach. Nein, ich bin müde.”
“Komm mit.” Willig stand Jasmin auf, folgte ihr. Ihr letzter Rest an Widerstandskraft schien verbraucht zu sein. Annette führte sie in die erste Etage, wo sie Jasmin im Gästezimmer ein Bett zurechtgemacht hatte. An der Tür blieb sie stehen.
“Sag mal”, Annette zögerte, mußte über sich selbst lachen, gab sich einen Ruck, “hast du den schwarzen Lippenstift noch?”
Jasmin schaute sie ungläubig an. Plötzlich lachten beide. “Nein, Frau Pastor. Den ... äh ... den habe ich mir geborgt. Finde ich aber stark.”
“Du brauchst nicht ‘Frau Pastor’ zu mir zu sagen. Aber jetzt erst mal gute Nacht. Und hoffentlich kannst du schlafen.” Annette sah sie liebevoll an.

XXIII.

Asmus Ahrholz konnte nicht schlafen. Er dachte an Teresa. Die arme Frau, wie hatte Otto nur so etwas Gemeines über sie sagen können. Der Gedanke ließ ihm keine Ruhe. Man hätte ja fast meinen können, Teresa hätte Paul umgebracht. Asmus Ahrholz stand am Fenster, starrte hinaus in die dunkle Nacht. Er war heimlich aus dem Ehebett aufgestanden und hinüber ins

Wohnzimmer geschlichen. Gott sei Dank hatte Regina so einen festen Schlaf.
Er sah aus dem Fenster. Wolken waren aufgezogen, verdeckten den Mond. Hoffentlich würde das Wetter nicht umschlagen. Wenn es jetzt regnete, konnten sie sich auf einiges gefaßt machen. Bei dem tiefgefrorenen Boden würde alles zu Eis werden. Teresa - in einer Hinsicht stimmte es ja, was Otto gesagt hatte. Otto und Oma Klara hatten den Betrieb aufrechterhalten, während Teresa den Hof verlassen hatte. Aber war das nicht normal für eine Frau, zu heiraten und vom Hof zu gehen, wenn der Bruder den Betrieb weiterführte? Doch Otto war halt Mutters Sohn, das war er schon immer gewesen, soweit sich Asmus Ahrholz erinnern konnte, während Teresa eher an ihrem Vater gehangen hatte. Aber Angst vor Oma Klara hatten sie beide. Auch Otto - Asmus Ahrholz grinste. Nur Paul - bei Paul war es anders gewesen. Was hatte sich der Bengel alles erlaubt. Äpfel klauen, nun ja, das tat fast jeder, doch dann mit den Äpfeln die Fensterscheiben des Nachbarn einwerfen, das ging zu weit. Und seines Vaters Schafe grün anzumalen, das war auch kein Bubenstück mehr. Später, als Paul erwachsen wurde, war es dann noch schlimmer geworden. Und Klara hatte geschwiegen. Asmus Ahrholz hatte damals schon nicht verstanden, was Klara an dem Bengel fand - Jüngster hin oder her. Nun war Paul tot. Und diesmal, wahrscheinlich zum ersten Mal, war Paul nicht der Übeltäter gewesen. Einer der anderen hatte es getan, einer aus dem Haus.
Und dennoch, es war einfach fies gewesen, was Otto über Teresa erzählt hatte. So etwas gehörte sich nicht. Die arme Deern - nicht, daß er in Teresa verliebt war, in seinem Alter, er ging auf die Sechzig zu, hatte Kinder und Enkelkinder, aber Teresa hatte etwas an sich, das er einfach mochte. Und gut aussehen tat sie auch, wie er fand. Ein feines Mädchen, einfach so. Und dazu geschlagen mit diesem Gör, dieser Jasmin. Doch was konnte man von Pauls Tochter auch schon erwarten. Komisch,

daß er nicht schon früher darauf gekommen war, daß Jasmin Pauls Tochter war. Irgendwie paßte es.
Nach wie vor stand er regungslos am Fenster. Eine Wolke gab ein Stück vom Mond frei, dessen Lichtschein sofort die Landschaft erhellte, bevor eine andere Wolke ihn wieder verdeckte. Teresa war keine Lügnerin, nie und nimmer. Das arme Mädchen. Im Grunde genommen hätte sie niemals auf den Hof zurückkehren sollen, Otto und Oma nutzten die Deern doch nur aus. Aber was hätte sie tun sollen? Ihr Mann war früh gestorben, Krebs, wenn er sich richtig erinnerte, tragische Geschichte, und hatte ihr nur eine kleine Rente hinterlassen. Und gelernt hatte sie nichts, das gab es bei Oma nicht, sobald man alt genug war, wurde auf dem Hof gearbeitet. Der Hof kam immer zuerst. Wilhelm, sein Vater, hatte oft genug erzählt, wie Klaras Eltern in den zwanziger Jahren während der großen Wirtschaftskrise den Hof gekauft hatten. Der Hof gehörte nämlich Klara, Walter, ihr Mann, hatte eingeheiratet. Mit nichts hatten Klaras Eltern damals angefangen, nichts außer Schulden. Da gab es nur Arbeit und den Hof und sonst nichts, und auch Oma Klara hatte in ihrem Leben wohl nie etwas anderes kennengelernt. Klaras Hof ... Otto, der mit Leib und Seele den Hof weiterführte ... und immer noch Klaras Hof, und Walter, ihren Mann, hatte sie oft genug spüren lassen, wer auf dem Hof das Sagen hatte.
Asmus Ahrholz wandte sich vom Fenster ab, ging zum Wohnzimmerschrank. Ihm war nach einen kräftigen Schluck. Gott sei Dank war das bei seinem Vater damals anders gewesen. Mit sechzig hatte Wilhelm ihm den Hof überschrieben und war aufs Altenteil gegangen. Zwar war das auch nicht nur einfach, Vater war manchmal ein rechter Dickkopf gewesen und das Loslassen war ihm schwergefallen, aber dennoch ...
Asmus Ahrholz holte die Kornflasche aus dem Schrank, ein Glas, goß das Glas voll, trank. Ah, das tat gut. Er trank ein weiteres Glas. Mehr nicht, entschied er, Regina mochte das nicht, wenn er abends noch soviel trank. Na ja, die Frauen.

Eine Erinnerung schoß durch seinen Kopf: Paul - Paul hatte einmal versucht, ihn zu erpressen. Er wunderte sich, daß er es vergessen hatte. Das war wegen so einer dummen Geschichte mit der Versicherung gewesen, ein Brandschaden, nicht wesentlich, jedenfalls nicht wirklich, und irgendwie war Paul dahintergekommen. Asmus Ahrholz erinnerte sich plötzlich wieder genau, wie Paul grinsend zu ihm gekommen war und fast höhnisch Geld von ihm verlangt hatte. Und etwas weiter abseits hatte Otto gestanden, im Hintergrund, man hatte sehen können, daß ihm die Sache unangenehm war, aber dennoch, er war dabei. Von wegen: der liebe Otto. Genau, so war das gewesen, Paul vorneweg und Otto hinterher, zwar mit Abstand und schlechtem Gewissen, aber dennoch. Otto sollte man bloß nichts sagen. Und dann so auf Teresa rumhacken. Na warte! Das würde er ihm heimzahlen! Er wußte zwar noch nicht, wie, doch ihm würde schon noch eine Idee kommen. Asmus Ahrholz stellte Glas und Flasche weg und beschloß, wieder zu Bett zu gehen. Na warte!

25. DEZEMBER, FREITAG

XXIV.

"Nun kommen Sie doch!" Jasmin stand unruhig am Auto, wartete darauf, daß sie losfuhren, sah hinüber zu Pastor Falke, der an der Haustür noch mit seiner Frau sprach. Es war kurz nach elf Uhr. Frau Pastor hatte ihrem Mann noch irgend etwas zu sagen. Die war schon in Ordnung, die Frau Pastor - Jasmin dachte plötzlich an den schwarzen Lippenstift, bedauerte, daß sie keinen mehr hatte. Und er war auch ganz okay.
Jasmin verging vor Ungeduld. Gesprächsfetzen kamen herüber: "So habe ich das nicht gemeint ..."
"Wie soll ich ihr denn sonst ..."
"... Detektiv spielen ..." Ja, genau! Das hatten sie vor. Gestern abend hatte Pastor Falke es ihr versprochen, kurz bevor sie eingeschlafen war. Es war aufregend. Pastor Falke hatte zwar zuerst nicht so recht gewollt, aber dann hatte er doch zugesagt, ihr zu helfen. Und nun wollten sie zusammen ihre Unschuld beweisen, allen klarmachen, daß sie es nicht getan hatte. Gleich nach dem Gottesdienst, hatte der Pastor gesagt, und das war jetzt. Der Pastor hatte sogar am Morgen noch irgendwas gebastelt, und dann war er zum Gottesdienst gegangen, den er halten mußte, während sie bis zehn Uhr hatte schlafen können. Das war toll gewesen. Niemand hatte sie aus dem Bett geworfen und niemand hatte gemeckert. Irgendwann am Vormittag war sogar ihre Mutter dagewesen und hatte Sachen vorbeigebracht, und trotzdem hatte sie weiterschlafen dürfen. So was hatte sie noch nie erlebt. Mega, in echt. Jasmin dachte an die Nächte zuvor, zu Hause, die Nacht im Schafstall. Seltsamerweise hatte sie in dieser Nacht noch am besten geschlafen, ganz ohne Gespenster und Alpträume. Und nun heute. Es war einfach geil gewesen. Jasmin kribbelte vor Tatendrang, konnte es nicht erwarten. "Nun kommen Sie doch!"

“Ja, gleich.”
Sie trommelte ungeduldig mit ihren Fingern auf das Wagendach. “Das Rätsel der verschlossenen Türen lösen”, so hatte Pastor Falke gesagt. Nun ja, Erwachsene waren in ihren Ausdrücken manchmal etwas albern, Pastor Falke schien da keine Ausnahme zu machen. “Das Rätsel der Türen” - ab nach Hause und klarmachen, daß sie unschuldig war. Zu Hause war nämlich keiner. Oma, Otto und Mutter waren auf dem Friedhof in Sauberfeld, eine Verwandte von Oma lag dort begraben. Und danach fuhren die drei noch zum Friedhof in Zirpen, auch eine von Omas Verwandten. Das war immer so am ersten Weihnachtsfeiertag. Normalerweise mußte sie mit, eine öde Tour. Diesmal aber nicht, diesmal war alles anders. Die nächsten zwei Stunden würden sie das Haus für sich haben. Und mit dem, was der Pastor gebastelt hatte, wollten sie das Rätsel der Türen lösen. Hoffentlich klappte es.
“Da bin ich. Es kann losgehen.” Pastor Falke kam auf sie zu. Sie stiegen ins Auto. “Ich habe über all das nachgedacht”, der Pastor startete das Auto, sie fuhren los. Der Wagen rollte von der Auffahrt, schoß den Kirchberg herunter. Pastor Falke wirkte konzentriert. So einen rasanten Fahrstil hatte sie ihm nicht zugetraut. “Weißt du, Jasmin, es gibt da verschiedene Möglichkeiten. Du warst es nicht, sagst du, und ich glaube dir.” Das ist ja auch das Mindeste, dachte Jasmin für einen Augenblick empört. Dennoch war sie dankbar. Auf einen solchen Satz hatte sie in letzten Tagen vergeblich gehofft.
“Wenn du es also nicht warst, könnte es”, der Pastor zögerte, “könnte es dein Vater, ich meine Paul selbst gewesen sein. Er könnte ja in der Nacht die Treppe hochgekommen sein und alle eingeschlossen haben.”
Jasmin blickte Pastor Falke verblüfft an. Auf diese Idee war sie noch nicht gekommen. “Aber das bedeutet”, fuhr der Pastor fort, “daß dieser Willi Tassen der Mörder sein muß.”
“Wieso das?” Sie fuhren jetzt durch den Dorfkern.

“Weil alle anderen eingesperrt waren und du es nicht warst, Jasmin.”
“Aber Willi war es auch nicht!”
“Bist du dir sicher?”
“Ganz sicher.” Jasmin schilderte, wie sie Willi des Nachts im Schafstall angetroffen hatte. “Willi ist kein Mörder, bestimmt nicht.” Sie überlegte, entschied sich zu reden. “Vielleicht ... vielleicht hat er was geklaut, das kann schon sein. Im Wohnzimmer war er. Aber jemand totmachen, das war er nicht.”
“Schade, daß ich ihn nicht kenne. Ich glaube, ich habe ihn zwar schon einmal gesehen, aber ...”
“Na klar haben Sie ihn gesehen.” Jasmin fiel dem Pastor ins Wort. “Der war doch bei der Probe zum Krippenspiel dabei. Wissen Sie nicht mehr? Der fand doch unser Stück echt gut. Und die anderen Blödmänner haben Willi nur ausgelacht. Deshalb ist er vorher verschwunden.”
“Ach das war Willi Tassen?” Ein Gedanke schien Pastor Falke zu kommen, verschwand wieder von seiner Stirn. “Na gut, sagen wir also, daß es dieser Willi Tassen nicht war. Dann aber ...”
“Und wenn Willi uns eingeschlossen hat?”
“Hat er nicht.” Der Pastor widersprach.
“Und wieso nicht?”
“Die Polizei sagt, daß er nicht in der oberen Etage war. Keine Fingerabdrücke, nichts. Nein, dein Willi hat euch nicht eingeschlossen. Na gut. Du hast also die anderen nicht eingeschlossen. Willi war es nicht. Paul war es nicht. Aber dann”, sie bogen jetzt in den Feldweg ein, der zum Hof führte, “dann muß es entweder deine Mutter, dein Onkel oder deine Oma gewesen sein.”
“Wieso?”
Pastor Falke lachte. “Weil das logisch ist.” Er wurde wieder ernst. “Weil es einer getan haben muß.”
“Aber ...” Auf einmal wurde ihr schlagartig die Bedeutung des

Satzes bewußt. Sie war so mit ihrer eigenen Not beschäftigt gewesen, daß sie bisher darüber noch nicht nachgedacht hatte. Doch es stimmte: Einer mußte ja Paul ermordet haben. Und wenn sie es nicht war und Willi nicht und der Pastor nicht, dann ... Plötzlich hatte Jasmin das dringende Bedürfnis umzukehren, nicht weiterzumachen. Wenn das alles so war, dann blieben nur Mutter, Otto und Oma. Irgend jemand hatte es getan. Ihr wurde unwohl zumute.
"Wobei es natürlich auch so sein kann, daß einer von den dreien Paul ermordet hat und jemand anderes später alle eingeschlossen hat. Aber das ist unwahrscheinlich."
Da war es wieder, dieses brennende Gefühl, diese Unsicherheit. Und wenn sie es doch getan hatte, im Schlaf?
"Äh ... Herr Pastor ... Kann man im Schlaf jemand umbringen?"
"Wie denn?" Pastor Falke lachte.
"Ich meine beim Schlafwandeln."
Abrupt verlangsamte der Wagen das Tempo. Pastor Falke sah sie eindringlich an. "Ist das dein Kummer, daß du schlafwandelst?"
"Nein ... Ja, doch."
Der Wagen hielt an. "Das ist es also. Hmm, nein. Nein, ich glaube nicht." Er überlegte. Eine Pause entstand. Jasmin verspürte plötzlich ein unbestimmtes, flaues Gefühl im Bauch.
"Nein, spätestens nach dem Zustechen wärst du aufgewacht. Doch, ganz bestimmt. Nein, ich glaube nicht, daß du deinen Vater im Schlaf ermorden und dann in dein Zimmer gehen kannst, weiterschläfst und am nächsten Morgen von nichts weißt. Bestimmt nicht, Jasmin. Oder bist du in der Nacht im Wohnzimmer neben dem toten Mann wach geworden?"
"In der Nacht nicht." Sie biß sich auf die Lippen. "Aber in der nächsten." Jasmin begann die Geschichte ihres Schlafwandelns zu erzählen.
"Ach so." Der Pastor wirkte sichtlich erleichtert. "Nein, ich bin sicher, du warst es nicht. Bestimmt nicht. Sieh mal, daß man ir-

gendwohin geht, etwas in die Hand nimmt, das kann ja alles sein. Aber", Pastor Falke zögerte, "guck mal, Paul hat ja sicher irgendwie auf das Zustechen reagiert. Vielleicht hat er gestöhnt oder etwas anderes gemacht, kurz bevor er tot war. Und davon, da bin ich ganz sicher, wärst du wach geworden. Bist du deshalb weggelaufen?"
"Vielleicht." Sie wußte es selbst nicht so genau. "Ich glaub schon."
"Mach dir jetzt keine Sorgen mehr. Und nun werden wir die Geschichte mit den Türen klären."
Pastor Falke wirkte siegessicher. Jasmin atmete auf. Der Pastor hatte sicher recht. Natürlich wäre sie wach geworden, wenn Paul geschrien hätte. Aber hatte er geschrien? Und dann ihr Erwachen am Morgen. Sie hatte gewußt, daß Paul tot war, oder es sich nur eingebildet. Dennoch, sie war es bestimmt nicht gewesen. Der Pastor hatte recht. Oder?
Sie fuhren wieder los. Fünf Minuten später parkte das Auto auf ihrem Hof, direkt neben Omas Hühnerstall. Jasmin schloß auf, sie gingen ins Haus.
"Hier entlang." Jasmin führte den Pastor nach oben. "Das da", sie zeigte auf die verschiedenen Türen, "ist mein Zimmer, daneben ist das von Oma, das da auf der anderen Seite hat meine Mutter und das an der Treppe ist Ottos Zimmer. Und nun, was machen wir nun?"
"Was ist mit der Tür da los?" Pastor Falke zeigte auf Omas Tür, auf das neue Türholz, das Otto eingesetzt hatte.
"Ach das. Oma hat so sehr gegen die Tür geklopft, daß ihr Schlüssel runtergefallen war und wir ihn nicht gleich gefunden haben. Er lag unter dem Teppich." Jasmin grinste. Die Vorstellung einer eingesperrten Oma gefiel ihr.
"Ah ja. Mal sehen." Der Pastor ging zu Omas Tür, ging dann weiter zur Tür ihrer Mutter. In allen Türen steckten jetzt die Schlüssel. Er nahm einen in die Hand, bückte sich, versuchte, ihn unter der Tür hindurchzuschieben. Es ging nicht.

“Was machen Sie da?”
Der Pastor sah auf. “Es ist doch so: Jemand hat die anderen Türen abgeschlossen und dann seine eigene. Der Schlüssel steckte aber von außen. Und da”, Pastor Falke hatte jetzt einen dozierenden Tonfall, “gibt es zwei Möglichkeiten. Die eine probiere ich gerade aus. Ich nehme meinen Schlüssel, schließe von innen ab, und dann ziehe ich den Schlüssel mit einem Faden unter der Tür hindurch hinein in das Schlüsselloch. Zum Schluß muß ich nur noch den Faden entfernen.” Pastor Falke ging zur nächsten Tür, nahm den Schlüssel. “Aber dazu”, er kniete sich nieder und versuchte erneut, den Schlüssel unter der Tür durchzuschieben, “muß der Spalt zwischen Tür und Fußboden groß genug sein, damit der Schlüssel hindurchpaßt. Bei diesen beiden”, der Pastor gab den Versuch auf, ging jetzt zu Ottos Tür, “geht das nicht. Und hier ... geht es auch nicht. Also war es so nicht.”
“Und jetzt?” Jasmin blickte den Pastor fragend an.
“Es gibt noch eine andere Möglichkeit. Man steckt den Schlüssel von außen ins Schloß”, er holte einen langen Nagel hervor, dessen Kopf abgesägt und an dessen einem Ende ein Faden befestigt war, “und man befestigt einen Hebel am Schlüssel. So.” Pastor Falke ging zu Mutters Tür, steckte den Schlüssel ins Schloß, befestigte den Nagel mit einem Knetgummi am Schlüsselgriff. “Habe ich mir aus dem Kindergarten geholt”, der Pastor deutete auf den Knetgummi. Er lächelte. “So, fertig. Und nun legt man den Faden auf die andere Seite der Tür, schließt die Tür, zieht am Faden, und durch den Hebel dreht sich der Schlüssel im Schloß. Anschließend ein kräftiger Ruck, der Nagel fällt ab, man zieht ihn unter der Tür durch”, er sah Jasmin an, “und das Ganze ist perfekt. Vorausgesetzt”, das Lächeln verschwand, machte deutlichem Zweifel Platz, “vorausgesetzt, es funktioniert. Aber das werden wir gleich wissen. Warte hier.”
Pastor Falke verschwand in Mutters Zimmer. Nichts geschah.

Jasmin wartete. “Tut sich was?” hörte sie endlich seine Stimme von innen.
“Nein.”
“Und jetzt?”
“Nein.”
“Und jetzt?”
Der Nagel fiel ab. Scheppernd fiel er zu Boden. Pastor Falke öffnete unzufrieden die Tür, kam heraus. “Mir fehlt wohl noch Übung.” Er zuckte mit den Achseln.
Sie wiederholten den Versuch. Eine halbe Stunde später waren sie immer noch am Ausprobieren. Sie hatten es bei allen drei Türen versucht, auch Jasmin hatte am Faden ziehen dürfen, vergeblich. Es war immer das gleiche: Entweder tat sich nichts oder der Nagel fiel ab. Jasmin konnte sich langsam das Kichern nicht mehr verkneifen. Das Ganze war irgendwie zu blöde.
“Hör auf.” Falke wirkte verbissen. “Das ist nicht zum Lachen.”
“Aber ... Schon gut. Entschuldigung.”
Der Pastor seufzte. “Ich gebe auf. Die Schlösser gehen zu schwer. Vielleicht könnte dein Otto etwas Besseres bauen als die Sache mit dem Nagel, aber ich weiß nicht. Ich glaube, es geht einfach nicht.” Die Enttäuschung des Pastors war spürbar. Irgendwie tat er ihr leid. Schließlich machte er das ja für sie. Trotzdem, es wirkte wie Kinderkram. Und sie war doch kein Kind mehr. Plötzlich kam ihre eine Idee.
“Und mit einer Zange?”
“Wie soll das gehen?”
“Warten Sie.” Jasmin ließ den Pastor stehen, lief im Heidentempo nach unten. In Ottos Werkzeugkasten gab es doch so eine Zange mit ganz spitzen Greifern. Keine Minute später war sie mit der Zange wieder oben.
“Jetzt zeige ich Ihnen was.” Sie steckten den Schlüssel ins Schloß, Jasmin ging ins Zimmer, schloß die Tür hinter sich, versuchte mit der Zange, den auf der anderen Türseite steckenden Schlüssel durchs Schlüsselloch zu greifen. Es war schwie-

riger, als sie gedacht hatte. Dann bekam sie den Schlüssel zu fassen, wollte ihn drehen - vergeblich. Sie versuchte es immer wieder. An allen Türen. Auch der Pastor probierte es. Endlich gaben sie es auf.

"Tut mir leid, Jasmin. Ich hatte gehofft, dir helfen zu können. Denn irgendeine Lösung für das Türproblem muß es einfach geben. Man kann doch nicht durch die Wand gehen. Und wenn wir herausbekommen hätten, an welcher Tür einer unserer Tricks funktioniert", er seufzte tief, leichter Zorn schien sich seiner zu bemächtigen, "dann hätten wir mehr gewußt. Aber so. Komm, wir gehen."

"Na ... Okay, Mister."

Jasmin wollte sich in Bewegung setzen, blieb stehen, hob etwas vom Boden auf. Es war dem Pastor soeben aus der Hosentasche gefallen, ein Papierschnipsel.

"Gib ihn her."

"Das ist doch die Schrift meiner Mutter." Empörung stieg in Jasmin auf. "Was machen Sie mit den Briefen meiner Mutter?"

"Jasmin ... Der Schnipsel lag im Papierkorb. Und ... ich weiß, daß es eigentlich nicht richtig ist, das zu lesen. Aber ... guck mal, ich will dir doch helfen. Und letztendlich zählt jeder Hinweis. Aber du ... du solltest damit wenigstens nichts zu tun haben. Verstehst du?"

"Na ja. Wenn Sie meinen." Jasmin gab den Schnipsel zurück. Sie verstand überhaupt nichts mehr. Doch das mußte der Pastor nicht wissen. Irgendwie war alles Mist.

XXV.

"So ein Mist!" Ärgerlich stieg Heiner Langmaack vom Trecker herunter. Sein Atem bildete Nebel in der Luft. Es war kurz nach halb drei, die Sonne stand schon tief am Himmel, es war kalt. Er mußte soeben über irgend etwas gefahren sein, der Trecker hatte fürchterlich gescheppert. Hoffentlich war nichts kaputtgegangen. Heiner Langmaack besah den Trecker, die Frontgabel, die den Strohballen hielt. Hier war nichts passiert. Wie jeden dritten Tag, so hatte er auch heute wieder einen Strohrundballen für den Anbindestall der Kühe von seiner Koppel neben dem Friedhof geholt. Die Tiere mußten immer versorgt werden, Feiertage spielten da keine Rolle. Und dennoch, wie schon sein Vater, sein Großvater und dessen Vater, so hatte auch er den Kühen am Heiligen Abend eine Extraportion Stroh spendiert, Heiligabend für alle, auch für das Vieh. Das gehörte sich einfach so.

Heiner Langmaack kniete sich neben den Trecker, besah sich den Schaden. Allem Anschein nach war nicht viel geschehen, nur eine kleine Delle im sowieso schon verbeulten rückwärtigen Schutzblech konnte er finden. Etwas weiter hinter dem Trecker sah er einen Gegenstand auf dem Weg liegen. Das Ding mußte an dem Geschepper schuld gewesen sein. Er ging hin und hob es auf. Es war eine Brechstange.

“Na, willst du in die Kirche einbrechen?” Grinsend fuhr Asmus Ahrholz mit seinem Trecker um die Ecke, hielt an, deutete auf die nahegelegene Kirche. “Da ist aber nicht mehr viel zu holen. Hat Alfred schon alles im Sack.”

Woher weiß er das? dachte Heiner Langmaack mißmutig. Aber natürlich, Neuigkeiten sprachen sich im Dorf in Windeseile herum, und fünftausend Mark in der Kollekte, nun, das war durchaus eine Neuigkeit. Wahrscheinlich hatte Alfred Langbehn, der Küster selbst geplaudert.

“Wenn ich bedenke, daß das mein Geld ist, da kann einem schon anders werden.” Asmus Ahrholz schaltete jetzt den Trecker aus. Das Motorengeräusch verstummte. “Kann ich das eigentlich wiederbekommen?”

“Wieso wiederbekommen?” Heiner Langmaacks Stimmung sank noch um einige Grade. “Wieso dein Geld, ausgerechnet deins? Hast du das in die Kollekte getan?”

“Nee. Aber ist doch klar.” Asmus Ahrholz lehnte sich prahlerisch im Treckersitz zurück. “Otto will mir fünftausend Mark geben, für die Egge, habe ich dir doch erzählt. Und dann ist das Geld weg. Sagt er, und er sagt mir im Vertrauen, Willi hätte das Geld geklaut. Sagt er, mein Lieber. Und dann ist es in der Kollekte. Und alle waren sie in der Kirche, Oma Klara und Otto. Ich meine, Willi nicht, der war ja bei der Polizei. Aber Oma und Otto. Weißt du was, die hat Oma in den Beutel getan, die Märker, so als Buße für Ottos böse Tat. Würde ich Oma zutrauen, wegen der Schande über dem Hof und so. Obwohl sie ja sonst eher knauserig ist. Und wenn das nicht Oma war, ist ja auch egal. Ich sag dir, das ist mein Geld.”
“Du hast ein böses Mundwerk!”
“Wie bitte?” Asmus Ahrholz starrte ihn entgeistert an.
“Was du da redest, so´n Blödsinn. Erst war es Willi, dann das Mädchen, jetzt Otto - bald sagst du noch, daß es Oma Klara war. Also alles, was recht ist, Asmus, aber was zu weit geht ... Du hast doch gar keine Ahnung.”
“Hab ich doch. Na ja.” Für einen kurzen Moment wirkte Asmus Ahrholz reumütig, holte jedoch gleich wieder tief Luft. “Aber mit Otto ist was komisch, sag ich dir. Gestern wollte er mir einreden, Teresa hätte es getan.”
“Teresa?” Heiner Langmaack staunte nun doch. Das Problem bei der ganzen Geschichte war, daß er sich überhaupt nicht vorstellen konnte, daß es einer von denen getan hatte. Irgendwas stimmte da nicht. Er hatte sich auf seinen Riecher immer verlassen können. Irgendwas war da nicht in Ordnung. Aber was? “Wieso Teresa? Was hat er gesagt?” Seine Neugier war nun doch erwacht.
“Ach ...” Asmus Ahrholz wirkte plötzlich unwillig, “daß Teresa immer lügen würde und so. Als ob er mich mit der Nase drauf stoßen wollte, daß sie es war. Richtig fies, sag ich dir. Aber behalt das für dich. Was ist, kriege ich nun mein Geld?”
“Das ist nicht dein Geld, das war in der Kollekte.” Sieh mal an,

dachte Heiner Langmaack, für Teresa hat er was übrig. “Nee, Asmus, das schlag dir aus dem Kopf. Was drin ist, ist drin. Aber sag mal, mit Teresa ...”
“Vergiß es, hab ich dir gesagt.”
“Ist ja schon gut. Aber ... Menschenskind, guck mal.”
Sie sahen ihn beide im selben Augenblick, rissen überrascht die Augen auf. Willi Tassen kam mit seinem Fahrrad den Kirchberg hochgeschoben.
“Na, Willi, haben sie dich rausgelassen?” Asmus Ahrholz grinste.
Willi Tassen kam näher, hielt an. Schon von weitem war seine Alkoholfahne zu riechen. “Bin doch unschuldig.”
“So, so, bist du das?”
“Klar doch. Weil”, Willi Tassen baute sich breitbeinig vor Asmus´ Trecker auf, sah ihn herausfordernd an, “weil ich es nicht war. Haben die von der Polizei auch gemerkt. Umständliche Heinis, kann ich euch sagen. Die wollten Spucke von mir haben, und dann haben sie so einen alten Lappen untersucht. Als ob ich in ´nen Lappen spucke. Blöde Kerle. Aber von mir aus, sollen sie haben, sagte ich mir, sollen sie Willis Spucke haben. Und dann war auch alles gut, und ich war es nicht.” Er holte tief Luft, schien erschöpft vom langen Reden, fing doch wieder an: “Na ja, in meiner Bude waren sie auch. Ist aber nix kaputtgegangen bei der Untersucherei, haben sie mir versprochen. Willis Bude ist heil, wenn das man stimmt. Und dann durfte ich gehen, und so ein Netter, der hat noch ‘fröhliche Weihnachten’ zu mir gesagt, weil doch Weihnachten ist, und hat mir noch ´nen Blauen in die Hand gedrückt. So war das. Ich bin unschuldig, jawohl.”
“Und hast dir gleich Schnaps gekauft?” Asmus Ahrholz grinste immer noch. Plötzlich schien ihm ein Gedanke zu kommen. “Du, guck mal Willi, Heiner hat deine Brechstange gefunden.”
“O ja ...” Willi erstarrte auf einmal, schloß den Mund. “Das ist nicht meine”, sagte er schließlich.

“Aber eben hast du gesagt ...”
“Das ist nicht meine. Tschüs, ich muß weiter.”
Ohne eine Antwort abzuwarten, schwang sich Willi Tassen auf sein Fahrrad und radelte davon. Nachdenklich sah Heiner Langmaack ihm nach. So hatte er Willi vor ein paar Tagen schon einmal radeln sehen.
“Verstehst du das mit der Spucke? Ich sage dir, das war doch seine Brechstange. Hier ungefähr haben sie Willi verhaftet, oder? Da war der wieder mit der Brechstange unterwegs, sag ich dir.” Asmus Ahrholz grinste immer noch. “Wetten?”
“Ja, ja, die Gene.” Heiner Langmaack war nicht bei der Sache.
“Was, das mit der Brechstange?”
“Nee.” Er sah zu Asmus herauf, der nach wie vor auf dem Trecker thronte. “Das mit der Spucke. Das ist so ´ne Art Gen-Test, haben die doch mit dem Kindermörder letztes Jahr auch gemacht.”
“Aber Willi hat doch kein Kind umgebracht.”
“Quatsch. Aber mit die Gene können sie feststellen, ob er den Lappen berührt hat. Und du, wie ich da im Zimmer war, da war der Dolch also mittendrin in Paul, und ganz nah bei war so´n Lappen. Wahrscheinlich hat der Mörder den gehabt. Na ja, Willi war´s also nicht. Hab ich ja immer gesagt. Von Anfang an. Ich hab gesagt: Der Willi war es nicht.”
“Na ja.” Asmus Ahrholz schien auf einmal das Interesse am Thema zu verlieren. “Kalt ist es.”
“Kann man wohl sagen.” Heiner Langmaack deutete zum Friedhof hinüber. “Wenn jetzt eine Beerdigung kommt, kriegt Alfred echte Probleme, sag ich dir. Der Boden ist doch schon steinhart. Da muß er dann wieder mit dem Preßlufthammer ran, um die Grube zu machen. Aber geht ja vielleicht gut.”
“Paul liegt doch in der Kammer.”
“Nee, der ist noch bei der Staatsanwaltschaft. Ist immer so, wenn einer eines unnatürlichen Todes gestorben ist. Paul ist noch nicht in der Leichenhalle.”

"Aber trotzdem, du weißt, was ich meine." Asmus Ahrholz kratzte sich am Kinn. "Wenn einer über Weihnachten in der Kammer liegt, kommt der nächste nach. Das gibt bald wieder ´nen Toten, sag ich dir, kannst du mir glauben. War immer so. Du, sag mal, wer wird Paul eigentlich beerdigen? Der Pastor? Der war doch selbst dabei, als Paul abkratzte."
"Weiß nicht. Wahrscheinlich wird Falke das machen. Wer denn sonst? Und red dir bloß nicht ein, daß unser Pastor was dafür kann, daß Paul tot ist. Der doch nicht. Der war doch selbst völlig von den Socken am nächsten Morgen. Hast du nicht gesehen, wie blaß der ist jetzt? Der kann das halt nicht ab, ist noch jung."
"Na, dann will ich mal wieder." Asmus Ahrholz stellte den Trecker an, schaltete ihn augenblicklich wieder ab, begann zu lachen. "Wie du dastehst, Heiner, mit der Brechstange in der Hand. Willst du jetzt in die Kirche einbrechen? Oder ´ne Katze erschlagen?"
"Wie Oma Klara, was? Na, da mach dir mal keine Sorgen."
"Wieso wie Oma Klara?" Plötzliches Interesse erwachte bei Asmus Ahrholz. "Hat Oma Klara den Mecki umgebracht? Der ist doch überfahren worden."
"Die Katze? Nichts da. Die hat Oma auf dem Gewissen. War doch selbst dabei. Neulich, wie ich auf den Hof komm, steht Oma da, in der einen Hand ´nen Sack mit der Katze drin und in der anderen den Knüppel, da war´s grad geschehen. Hat ganz schön gepustet, die Oma, und war auch wackelig auf den Beinen, ist ja auch nicht mehr die Jüngste. Ich weiß noch", Heiner Langmaack hielt für einen Moment inne, "hat meine Oma auch gemacht, wenn die Katze in den Hühnerstall ging. Und du weißt ja, wie Oma Klara an ihren Hühnern hängt."
"Das ist nicht wahr!" Asmus Ahrholz wirkte seltsam erregt. "Oma hat die Katze ..."
"Wenn ich´s dir doch sage. Sie hat die Katze im Hühnerstall erwischt. Und du weißt ja, wie das ist. Wenn die erst mal Blut ge-

leckt haben, gehen sie da immer wieder rein. Aber mußt du ja Otto nicht sagen."
"Nein, muß ich nicht." Asmus Ahrholz lachte plötzlich. "Muß ich nicht. Könnte ich aber. Na, Heiner, dann mach´s mal gut." Er startete den Trecker.
Ohne ein weiteres Wort zu sagen, fuhr Asmus Ahrholz davon. Heiner Langmaack blickte ihm nach. Immer noch hatte er die Brechstange in der Hand. Ob das gut war eben, überlegte er. Asmus schien an der ganzen Sache etwas zu sehr interessiert. Teresa, das war es, der blöde Kerl war in Teresa vernarrt. Und deshalb wollte er jetzt Otto eins auswischen. Heiner Langmaack schüttelte den Kopf, ging langsam auf den Trecker zu. Die ganze Sache gefiel ihm nicht.

XXVI.

"Natürlich hat mir das nicht gefallen." Frank Falke sah leicht empört von seinem Buch auf, schaute Annette an. Sie saßen im Wohnzimmer. "Glaubst du, ich finde das normal, durch fremde Häuser zu schleichen und irgendwelche Beweise zu sammeln? Außerdem hat es nicht funktioniert."
"Ich habe ja auch nur gefragt, ob ..."
"Schließlich hast du zu Jasmin gesagt, daß ich ihr helfen würde." Frank Falke warf einen kurzen Blick auf sein Buch, schaute wieder auf. Wenn er ehrlich war, hatte es durchaus ein wenig Spaß gemacht, durch ein fremdes Haus zu schleichen und Beweise zu sammeln. Irgendwie verlieh es einem ein ganz ungewohntes Gefühl von Wichtigkeit, etwas, was er in seinem Beruf selten genug spürte. So vieles in seiner Alltagsarbeit schien austauschbar, beliebig und letzten Endes unwichtig zu sein. Das begann mit den Sonntagspredigten, denen keiner zuhörte, und endete mit Besuchen, bei denen es nur wichtig war, daß der Pastor gesehen wurde. Nein, es hatte Spaß ge-

macht, Beweise zu sammeln. Das Ärgerliche war nur, daß sie keine gefunden hatten. Er sagte es Annette. Sie lachte.
"Das dachte ich mir doch, Frank. Das Kind im Manne. Aber", sie wurde wieder ernst, "wirklich, Frank, ich bin mir ganz sicher, daß du ihr helfen kannst. Bestimmt. Ich weiß nicht, wie es sein wird, doch es wird so sein. Glaube mir."
"Das Buch ist interessant", wechselte er das Thema. Er sah auf das Buch, das er zur Seite gelegt hatte, sein Weihnachtsgeschenk von Annette, die Detektivgeschichte von Edgar Allan Poe: *Der Mord in der Rue Morgue.* "Ein wenig blutrünstig, aber deshalb hast du es mir ja wahrscheinlich nicht geschenkt."
"Natürlich nicht."
"Wie gesagt, das Buch ist interessant. Trotzdem, ich glaube ..."
"Kann ich fernsehen?" Jasmin kam herein. Frank Falke und Annette sahen einander an. Fernsehen gehörte nicht zu ihren üblichen Betätigungen in der Weihnachtsstube. Annette zuckte mit den Achseln, lächelte, nickte. Frank Falke nickte ebenfalls.
"Ja, kannst du."
"Danke." Jasmin begab sich zum Fernsehsessel, nahm die Fernsehzeitung in die Hand.
"Was wolltest du gerade sagen?" griff Annette den Gesprächsfaden wieder auf. "Du glaubst ..."
"Genau. Dieser Detektiv hier in dem Buch, C. Auguste Dupin und seine analytische Methode. Ich glaube nicht, daß sie funktioniert. Das Leben ist nicht so."
"Wieso?"
"Der Fernseher geht nicht!" ertönte Jasmins Stimme. Frank Falke sah Jasmin unwillig mit der Fernbedienung hantieren. Annette lachte. "Du mußt ihn am Apparat einschalten. Wir sparen Strom, weißt du."
"Wie Oma", brummelte Jasmin. Sie stand auf, ging zum Fernseher.
"Also noch einmal. Dieser Auguste Dupin geht mit seinem

Freund eine Straße entlang. Beide schweigen seit einer Viertelstunde. Und plötzlich antwortet Dupin auf einen Gedanken, den sein Freund soeben - unausgesprochen - gehabt hat. Als der Freund verblüfft ist, weist Dupin ihm nach, wie logisch und notwendig es war, daß er in diesem Moment genau dieses dachte. Oder nimm das andere Beispiel: Da liegt ein ...”
“Ich kriege MTV nicht rein.” Jugendliche, dachte Frank Falke plötzlich amüsiert. Immer Leben in der Bude. Manchmal fehlte ihnen beiden das schon. Auch wenn man kaum einen Gedanken in Ruhe zu Ende bekam.
“Wir haben nur eine normale Antenne. Du mußt schon die üblichen Programme nehmen.”
“Ach dann ...” Das Fernsehen schien für Jasmin abrupt an Interesse zu verlieren. “Na, mal gucken.” Sie begann sich durch die Programme zu schalten.
“Also noch einmal: Da geschieht ein Mord in einem verschlossenen Raum, das ist das Thema des Buches. Deshalb hast du mir das Buch doch auch geschenkt, oder?”
Annette zuckte mit den Achseln. “Vielleicht.”
“Wenn es übrigens wirklich der erste Detektivroman der Geschichte ist, wie du sagst, dann taucht hier das ‘Problem der verschlossenen Türen’ zum ersten Mal auf. Irgend etwas ist daran faszinierend, ich weiß nicht, was. Aber die Wirklichkeit sieht anders aus als hier im Buch.” Frank Falke lachte. “Siehe heute morgen. Doch in dem Buch ist es nun so: Alle Türen und Fenster sind von innen abgeschlossen, und im Raum liegt eine Leiche. Besser, sie hängt im Kamin, grausam, nicht wahr? Aber, was ich sagen wollte, dieser Dupin kommt nun, sieht und weiß sogleich, daß es eine, nur eine einzige logische Möglichkeit gegeben hat, den Raum zu betreten und wieder zu verlassen. Und tatsächlich, bei genauem Hinsehen erweisen sich seine Vorhersagen als wahr. Mal abgesehen von der Geschwindigkeit des Begreifens, glaube ich einfach nicht, daß das Leben so eindeutig ist, so klar zu erschließen.”

Annette nickte. “Was meinst du damit?”
“Ich glaube einfach nicht, daß das Leben so logisch und sinnvoll abläuft, so nachvollziehbar. Denn dieses ganze Konzept der Analyse, die dieser Detektiv anwendet, es setzt doch voraus, daß man Dinge und Ereignisse vernünftig erschließen kann. Und das setzt voraus, daß Ereignisse zum einen vernünftig sind und zum anderen in den Dingen eindeutige - und eben keine zweideutigen Spuren hinterlassen. Und genau das glaube ich nicht.”
Annette nickte erneut.
“Weißt du noch, was wir mit den Muscheln vom letzten Urlaub gemacht haben? Am Strand brachte es so viel Freude, sie zu sammeln, aber hier zu Hause standen sie nur herum und verstaubten. Ich gebe zu, ich war schuld, es waren ja beinahe drei Kilo, die ich da gesammelt hatte. Und dann - in die Mülltonne mochten wir sie nicht tun und geschenkt wollte sie keiner haben. Da hast du dir den Spaten genommen und sie im Garten vergraben, zurück zur Natur gewissermaßen, dahin, wo sie hingehören. Und nun stell dir einmal vor, in zigtausend Jahren kommt ein Archäologe und gräbt sie wieder aus. Was dann? Wird er ergründen können, warum diese Muscheln hier im Erdreich zu finden sind? Ich glaube, kaum. Es kann tausend Gründe dafür geben, und er wird keine Chance haben herauszufinden, daß in einem Haus hier einmal ein etwas sentimentales Ehepaar wohnte, jedenfalls, was die Muscheln und die Natur angeht. Aber in diesem Krimi hier, da ist alles so eindeutig. Es gibt für alles nur eine Lösung und man kann sie finden. Deshalb ...”
Das Telefon klingelte.
Frank Falke murrte. “Ich geh schon.” Er erhob sich. “Hoffentlich nichts Dienstliches.”
Er ging zum Telefon, hob den Hörer ab. Eine bekannte Stimme meldete sich.
“Zwicker.” Es war der Beerdigungsunternehmer. “Pastor Fal-

ke, ich habe hier einen Sterbefall für sie. Verstorben ist Frau ..."
Frank Falke angelte nach einem Zettel.
Drei Minuten später legte er den Hörer wieder auf und blickte auf den Zettel neben sich. Die Mutter von Frau Lehmann war gestorben, die älteste Einwohnerin des Dorfes, die er vor wenigen Tagen noch besucht hatte. Nun endlich war ihre Sehnsucht sterben zu dürfen in Erfüllung gegangen. Er dachte an die Tochter, für die der Tod der Mutter sicher auch eine Erlösung war. Wie viele Jahre Pflege lagen hinter ihr?
Frank Falke ging ins Zimmer zurück. Es war schon seltsam, doch es geschah häufiger, daß kranke oder sehr alte Menschen gerade noch bis Weihnachten lebten oder bis zu ihrem Geburtstag und dann sogleich starben. Als ob sie dies eine Ereignis noch hatten erleben wollen. Für ihn bedeutete es allerdings, daß auch die wenigen ruhigen Tage nach Heiligabend schon wieder von dienstlichen Angelegenheiten geprägt sein würden. Pastoren kannten eben keine Feiertage.
"Was ist?" Annette sah sein besorgtes Gesicht. Sie bemerkte immer sofort, was mit ihm los war. So kam es ihm vor.
"Eine Beerdigung."
"Ein Selbstmord?" schaltete sich überraschenderweise Jasmin ein. Beinahe hätte Frank Falke gelacht. Kein Hauch des Todes ging an Jasmin vorbei.
"Nein."
"Wetten doch? Vielleicht haben sie es ja nur noch nicht herausgekriegt. Tabletten oder so was. Oder irgendwas anderes, auf das man nicht sofort kommt. Wetten?"
"Nein, wirklich nicht. Eine alte Frau, die seit langem darauf wartete, sterben zu dürfen."
"Na ja." Jasmins Interesse erlosch schlagartig. Es war doch nicht so sehr der Tod, der sie interessierte, so schien es, sondern eher die versteckte Gewalttätigkeit, die so vielem Sterben innelag.
Frank Falke ließ sich in seinen Sessel fallen, warf einen Blick

auf Jasmin, die sich bereits wieder dem Fernsehprogramm widmete, sah Annette an. “Wo waren wir stehengeblieben?”
“Bei der analytischen Methode und ihren Grenzen. Bei der Frage, ob das Leben eindeutig ist. Wobei ich dir völlig recht gebe, ich glaube auch nicht, daß das Leben eindeutig ist.” Annette lachte. “Genau das ist ja am Leben so schön. Weißt du, alle Kunst lebt davon, daß das Leben eben nicht eindeutig ist.”
“Richtig.” Ihm kam etwas anderes in den Sinn. “Sag mal, wollen wir die Kerzen am Tannenbaum anzünden?”
“O ja.”
Frank Falke stand auf, begann in seiner Hosentasche nach Streichhölzern zu suchen. Ein Papierschnipsel fiel heraus.
“Was ist das?”
“Das ... äh ...” Er hob eilig den Fetzen Papier auf, warf einen schnellen Blick zu Jasmin hinüber. Sie saß wieder vorm Fernseher, ausgestreckt im Fernsehsessel, genoß sichtlich das Programm. Ein Western anscheinend.
“Nicht so laut.” Frank Falke setzte sich wieder, holte jetzt aus seiner Hosentasche weitere Papierfetzen hervor. “Ich habe die heute morgen im Papierkorb von Frau Hellmann gefunden. Irgendwelche persönlichen Notizen, vielleicht eine Seite aus einem Tagebuch.”
“Aber Frank!” Er schaute verblüfft auf Annettes entsetztes Gesicht. “Du kannst doch nicht ...”
“Nicht so laut! Jasmin braucht das nicht zu wissen. Außerdem weiß sie, daß ich das Papier hier habe. Und”, Zorn stieg in ihm hoch, “tu jetzt nicht so, wirklich, Annette. Ich soll dem Mädchen helfen, womöglich herausfinden, wer es getan hat ...”
“Das habe ich nicht gesagt”, unterbrach ihn Annette.
“Du hast ihr gesagt, daß ich ihr helfen würde. Wie denn sonst? Und wenn man das versucht, dann muß man halt alle Beweise mitnehmen, die man finden kann. Ach, guck nicht so. Außerdem”, seine Stimme wurde milder, “ich weiß ja selbst, daß es eigentlich nicht richtig ist.”

“Wenigstens etwas.”
“Mach mir jetzt keine Vorwürfe.”
“Schon gut, Frank, obwohl ...”
“Hilf mir lieber, die Teile zusammenzusetzen. Hilfst du mir?”
Annette nickte. Zusammen begannen sie, das Puzzle zu ordnen. Es schien tatsächlich eine Seite aus einem Tagebuch zu sein, hastig herausgerissen und in Fetzen in den Papierkorb geworfen. Gebannt starrten sie auf den Text, der da vor ihren Augen entstand. Einige wenige Teile fehlten.

Paul ist schon seit ..... Es ist schrecklich. Und natürlich hat er meinem geliebten Mädchen auch schon gesagt, daß er ihr Vater ist. Paul macht das Spaß. Ich wäre beinahe vor Scham in den Erdboden versunken - warum tut er Jasmin so weh? Er will Jasmin doch gar nicht. Oma sagte, daß er nicht einmal eine eigene Wohnung hat, wie soll sie dann mit ihm gehen? Warum tut er das? Jasmin ist meine ..... daherkommen und so tun, als ob er sie mitnehmen darf. Paul tut das nur, weil es ihm Freude macht, anderen ..... Er war schon als Kind so, ich erinnere mich genau. Und jetzt ist er aus dem Gefängnis gekommen, hat Oma gesagt. Da gehört er auch hin. Ich weiß, ich sollte so etwas nicht sagen, nicht einmal denken, aber Paul ..... Paul ist nicht wirklich ein Bruder, der nicht. Und eben hat er Jasmin angefaßt. Er hat sie angefaßt, mein kleines Mädchen! Sie hatte schreckliche Angst und ich auch. Das lasse ich nicht noch einmal zu. Niemals! Wenn er das noch mal macht, dann ist Schluß, dann bringe ich .....

“Der Rest fehlt”, brach Frank Falke schließlich das Schweigen. Er sah auf den Text. Eine kleine, ängstliche Handschrift, die allein schon viel von der Seelennot der Schreiberin verriet.
“Der letzte Satz, Frank, er kann bedeuten ...”
“... daß sie ihn umbringen wollte. *Dann bringe ich ihn um.* Das meinst du doch, nicht wahr?”

“Das kann er bedeuten. Aber es muß nicht so sein. Vielleicht hat sie geschrieben: *Dann bringe ich Jasmin von hier weg.* Das wäre doch auch möglich.”
“Das glaube ich nicht.”
Annette lachte. “Was hast du eben gerade gesagt: ‘Das Leben ist nicht eindeutig.’ Und dieser Text hier ist nicht eindeutig.”
“Ja, aber ...” Das Telefon klingelte. “Nicht noch eine Beerdigung”, entfuhr es ihm. Mißmutig ging Falke zum Telefon. “Frank Falke”, meldete er sich.
“Hellmann, Frau Hellmann, Herr Pastor. Kommen Sie schnell, es ist etwas passiert! Otto, Otto ist verschwunden. Und ich glaube ... Bitte, kommen Sie!”
Frau Hellmann begann zu weinen.

XXVII.

“Ihm ist schon nichts passiert. Nun beruhige dich doch erst mal.”
Tröstend sah Asmus Ahrholz zu Teresa hinüber. Vor wenigen Minuten erst hatte Teresa ihn angerufen, und natürlich hatte er sich sofort ins Auto gesetzt, um zu ihr zu fahren. Zu seiner Enttäuschung hatte er jedoch bei seiner Ankunft feststellen müssen, daß Teresa nicht nur ihn angerufen, anscheinend ihn nicht einmal als ersten benachrichtigt hatte. Mißmutig sah Asmus Ahrholz sich in der Runde um.
“Da gibt es eine vernünftige Erklärung für, was meint ihr?”
“Natürlich.”
“Ich weiß nicht ...”
Sie saßen jetzt am Küchentisch: Teresa, Oma, der Pastor, Jasmin und Heiner Langmaack. Heiner muß auch wirklich überall dabeisein, dachte Asmus Ahrholz. Und was wollte das Mädchen hier? Es hätte völlig gereicht, wenn Teresa ihn allein gerufen hätte. Er würde Otto schon finden, ganz bestimmt. Zu-

mal, er hatte doch erst heute mittag mit Otto gesprochen. Was sollte Otto denn passiert sein? So ganz konnte er Teresas Angst nun wirklich nicht verstehen. Heute mittag war Otto ganz normal gewesen. Asmus Ahrholz schmunzelte ein wenig. Gleich nach dem Mittagessen war er schnurstracks zu ihm gefahren und hatte ihm die Geschichte von der Katze erzählt. Otto war sichtlich betroffen gewesen, aber mehr auch nicht. Trotzdem - und das schien eine Tatsache zu sein - war Otto seit einigen Stunden nicht mehr gesehen worden.

“Was machen wir jetzt bloß? Wir haben doch schon überall gesucht.” Die Angst in Teresas Stimme war hörbar. “Wir müssen doch etwas tun. Ich wollte Otto eine Tasse Kaffee machen”, Teresa schluckte, “und er war nicht da, und dann habe ich im Zimmer nachgeschaut, dann im Stall, in der Scheune und dann überall. Anfangs habe ich mir ja auch nichts dabei gedacht. In seinem Zimmer ist er nicht gewesen, im Stall nicht, und weggefahren ist er auch nicht, das Auto und die Trecker sind ja hier. Wirklich, ich fühle das, Otto ist was passiert, bestimmt.”

“Mein Sohn.” Oma Klara starrte auf den Küchentisch, sagte es ungewohnt leise.

“Na, irgendwo muß er ja sein”, schaltete Heiner Langmaack sich ein. “Mach dir mal keine Sorgen, Oma. Hört mal her”, Heiner Langmaack stand auf, übernahm ungefragt das Kommando. “Alles noch mal von vorn. Seit wann, Kinders, ist Otto weg? Seit Mittag?”

“Nein.” Oma Klara starrte weiterhin auf die Tischplatte.

“Wir waren doch auf dem Friedhof in Zirpen. Deshalb haben wir doch auch erst später zu Mittag gegessen, weil wir essen doch sonst immer um zwölf - wegen Oma - und nicht um halb zwei wie heute”, Teresa mußte Luft holen, “aber da war Otto noch da. Er war ja auch mit in Zirpen, und ganz fröhlich war er, ich mein, soweit sich das für ´nen Friedhof gehört, und nachher, da ... Ach ja, Asmus, nicht wahr, du bist doch auch noch hier gewesen und hast mit Otto geredet, stimmt´s?”

So ein Mist, dachte Asmus Ahrholz, Teresa hatte ihn gesehen. “Ja”, gab er widerwillig zu. “Gegen zwei war das. Aber nur kurz.” Heiner Langmaack sah ihn fragend an. Sollte der doch denken, was er wollte. “Und Otto hat auch nicht gesagt, was er vorhatte. Aber bestimmt nichts Besonderes.”
“Und danach”, bohrte Heiner Langmaack weiter, “wer dann? Hat ihn noch einer gesehen?”
Einer nach dem anderen schüttelte den Kopf. Betretenes Schweigen breitete sich für einen Moment aus.
“Halb sechs.” Heiner Langmaack warf einen Blick zur Uhr. “Wenn was passiert ist, wird´s aber Zeit. Nun wein doch nicht, Teresa, ich sag ja nur, wenn was ist. Muß doch aber nicht sein. Außerdem”, Heiner Langmaack klopfte sich an die Brust, “ich finde ihn schon.”
“Wir finden ihn”, korrigierte ihn Asmus Ahrholz ärgerlich.
“Haben Sie schon das Haus durchsucht”, mischte sich der Pastor ein. Asmus Ahrholz hatte ihn fast vergessen. Außerdem, den Pastor konnten sie hier nun wirklich nicht gebrauchen.
“Ja, wir haben schon im Haus gesucht”, wandte sich Teresa an den Pastor. “Und vielen Dank, daß Sie gekommen sind, Herr Pastor. Das gibt mir Trost. Aber im Haus ist er nicht, wirklich.”
“Und im Stall? Oder in der Scheune? Vielleicht bei einer der Maschinen. Ich kenne mich da ja nicht so aus.”
“Da habe ich auch schon geguckt, aber ...”
“Die Kühe”, Oma Klara gab sich einen Ruck, schien sich innerlich aufzurichten, blickte die anderen starr an. “Die Kühe müssen gemolken werden.”
Heiner Langmaack stand auf. “Das macht Asmus. Kümmert er sich drum, Oma. Und wir suchen eben noch mal alles ab. Kann sich ja nicht in Luft aufgelöst haben, so´n Kerl wie Otto. Der ist irgendwo, das sag ich euch. Und macht zu, vielleicht braucht er Hilfe.”
“Brauchst du uns nicht zu sagen. Wissen wir selbst.” Auch Asmus Ahrholz erhob sich. “Meine Idee war das sowieso nicht,

hier erst lange rumzusitzen. Und mit den Kühen ..." Er brach den Satz ab, spürte Omas scharfen Blick in seinem Nacken. "Ich mach das schon."
Er erhob sich. Auch die anderen standen auf, wollten aus der Küche gehen.
"Jasmin bleibt hier." Oma Klara war am Küchentisch sitzengeblieben, hatte ihren herrischen Ton wiedergefunden. "Jasmin bleibt bei mir."
"Nein. Ich will nicht."
"Jasmin!"
"Ich will Onkel Otto suchen, sonst geh ich wieder weg."
"Du ungezogenes Kind!"
Asmus Ahrholz verließ die Küche. Sollten sich die beiden doch streiten, ihn ging das nichts an. Außerdem war Jasmin wirklich ein ungezogenes Kind. Oma hatte recht.
Er durchschritt die Diele, ärgerte sich, daß Heiner ihm die Melkerei aufgedrückt hatte, überlegte, wo er mit der Suche beginnen würde. Das Haus erneut zu durchsuchen erschien ihm unsinnig. Wenn überhaupt irgend etwas passiert war, dann hatte es wohl einen Unfall gegeben. Also bei den Treckern, entschied er sich. Andererseits konnte Otto einfach spazierengegangen sein, unmöglich war das nicht. Wenn auch unwahrscheinlich, wie er ehrlicherweise zugeben mußte. Er konnte sich nicht erinnern, Otto jemals bei einem Spaziergang getroffen zu haben. Spaziergänge waren etwas für Städter, Landwirte brauchten nicht extra in der frischen Luft herumzulaufen.
Er verließ die Diele, ging nach draußen auf den Hof. Es war längst dunkel, nur die Lampen am Haus leuchteten schwach. Nichts deutete darauf hin, daß hier vor kurzem etwas Ungewöhnliches geschehen war. Asmus Ahrholz überquerte den Hof, öffnete die Stalltür. Der eindringliche Geruch der Kühe schlug ihm entgegen. Für einen Moment empfand er Wohlbehagen. Er mochte diesen Geruch, dieses strenge Aroma. Er ging in den Stall. Die Kühe standen unruhig, blökten vereinzelt,

warteten darauf, gemolken zu werden. Er sah sich um. Von Otto keine Spur.
“Da sind wir wieder.” Jasmin stand plötzlich neben ihm. “Wo suchen wir nun?”
“Haben Sie schon etwas gefunden?” Etwas außer Atem, kam nun auch der Pastor dazu.
“Nein. Bin zum Melken hier. Und ihr verschwindet am besten. Die Kühe mögen das nicht, wenn zuviel Unruhe ist. Nichts für ungut, Herr Pastor, aber ist so. Ihr könnt ja”, suchend sah er sich um, “ihr ... Sie ... äh ... Sie ...” Die Scheune fiel ihm ein, nein, er hatte noch eine bessere Idee. Sollten sich die beiden doch schmutzig machen, wenn sie unbedingt suchen wollten. “Sie könnten ja auf dem Dachboden suchen, Herr Pastor. Ich komme dann später nach. Einverstanden?”
“Aber sicher.” Der Pastor nickte. Jasmin war schon unterwegs zur Leiter. Das Gör war immer vorneweg. In seiner Jugend hatte man wenigstens gewartet, bis der Erwachsene ausgeredet hatte. Doch heute? Asmus Ahrholz ging mißmutig zur Melkkammer. Es war wie immer: Er hatte die Arbeit und Heiner die Lorbeeren. Wahrscheinlich hatte Otto sich ein wenig verletzt bei irgendeiner Arbeit und Heiner würde ihn jetzt finden, während er lediglich die Kühe gemolken hatte. Und danach würde ...
Vom Dachboden ertönte ein Schrei. Jasmin schrie. Ein Stöhnen des Pastors folgte als Echo. Mit einem Satz war Asmus bei der Dachbodenleiter, hastete die Stufen hinauf. Die Stimmen kamen von der hinteren Ecke des Heubodens. Er hatte noch keine drei Schritte gemacht, als er es sah. An einem der Querbalken des Dachgewölbes hing ein Mensch: Otto. Er hatte sich erhängt. Davor standen der Pastor und Jasmin. Jasmin weinte herzzerreißend.
Betreten machte Asmus Ahrholz einige Schritte vorwärts, ging zu den beiden hinüber, wollte instinktiv nach Ottos Hand greifen.

"Er ist schon tot." Pastor Falke flüsterte fast. Asmus Ahrholz warf einen kurzen Blick auf Ottos Gesicht, die aufgerissenen Augen, die heraushängende Zunge, wandte sich schnell wieder ab. "Aber warum? Wegen der Katze?"
"Welche Katze?" entfuhr es Pastor Falke. "Nein, hier." Ohne ein weiteres Wort zu sagen, drückte er ihm einen Zettel in die Hand. Es war Ottos Schrift, wie Asmus Ahrholz sofort erkannte:

Ich gebe alles zu. Paul hätte niemals zurückkommen dürfen. Er hat mich erpreßt. Jetzt kann ich alles sagen. Paul hat damals Emil überfallen. Und ich. Ich auch. Ich saß im Auto und habe aufgepaßt. Paul wollte Geld von mir, viel Geld. Ich halte das alles nicht mehr aus. Er hätte nie zurückkommen dürfen. Das hätte Oma nicht tun dürfen.
Lebe wohl! *Otto*

Asmus Ahrholz las den Brief ein zweites Mal. Jetzt war alles klar. Armer Otto. Otto hatte Paul ermordet. Im Grunde genommen hatte er es immer schon gewußt. Und jetzt wußte er auch, warum. Und die Katze hatte dabei keine Rolle gespielt.

XXVIII.

"Hast du es gewußt? Bist du deshalb mitgekommen?" Frank Falke sah Jasmin nachdenklich an. Sie standen auf dem Hof. Es war kurz vor Mitternacht, er war im Begriff wegzufahren.
"Ich weiß nicht. Vielleicht. Es war so ein Gefühl."
"Ja. Und jetzt willst du wirklich hierbleiben? Du könntest noch ein paar Tage bei uns bleiben, wenn du willst."
"Nein." Jasmin schüttelte den Kopf. "Mutter braucht mich." Eine lange Pause folgte. "Sie ist doch jetzt allein, verstehen Sie?"

Was für ein Mädchen, dachte Frank Falke. Er sah sie liebevoll an. “Ich bringe dir morgen deine Sachen vorbei, einverstanden?”
Jasmin nickte. “Danke”, sagte sie leise, “danke für alles.”
“Du bist sehr tapfer. Du kannst jederzeit zu uns kommen, wenn du willst. Wirklich.”
Sie reichten einander die Hand, verabschiedeten sich. Frank Falke ging zum Auto, fuhr los, sah Jasmin noch winkend an der Tür stehen. Dann endlich lag der Hof hinter ihm. Er atmete auf. Was für ein Alptraum, zwei Tote in diesen wenigen Tagen. Als Opfer und Täter waren beide zugleich Täter und Opfer. Schuld und Unschuld waren unlösbar ineinander vermischt.
Er bog nun vom Feldweg ab, erreichte den Dorfkern, fuhr den Kirchberg hoch. Vor dem Pastorat brannte Licht, Annette hatte es für ihn angeschaltet. Vor etwa einer Stunde hatte er sie angerufen und ihr von dem furchtbaren Ereignis berichtet. Inzwischen waren auch der Beerdigungsunternehmer und die Polizei auf dem Hof eingetroffen. Der Arzt hatte den Tod durch Erhängen festgestellt, die Polizei fotografiert. Erst dann hatte man Otto vom Strick abschneiden dürfen und in einen Blechsarg legen können. Obwohl am Selbstmord kein Zweifel bestand, hatte die Polizei alles gründlich untersucht. Zur Sicherheit, wie ihnen gesagt worden war. Doch das lag jetzt alles hinter ihm. Frank Falke parkte den Wagen, stieg aus, wollte die Haustür aufschließen, als diese sich öffnete.
“Da bist du ja endlich.” Annette stand in der Tür, umarmte ihn. Nach endloser Zeit lösten sie sich voneinander, gingen ins Wohnzimmer, setzten sich.
“Magst du erzählen?”
Er nickte, begann erst stockend, dann immer fließender die Ereignisse des Abends zu berichten. Schließlich die Entdeckung der Leiche und daneben der Brief, von Ottos eigener Hand geschrieben, wie ohne Zweifel feststand.
“Er hat es getan. Der arme Mann. Ich möchte nicht wissen, wie

es in ihm ausgesehen hat. Es muß für ihn ein Alptraum gewesen sein, als sein Bruder wieder auf dem Hof auftauchte. Und er hatte ja recht mit seinen Befürchtungen, weißt du. Dieser Paul hat ihn erpreßt, kaum daß er wieder da war. Deshalb hatte er auch die fünftausend Mark nicht mehr, das Geld, das jetzt wohl in unserer Kollekte ist. Wer weiß, wie es dahin gekommen ist, wahrscheinlich hat dieser Willi es dem Toten gestohlen und dann später in die Kollekte getan. Ich glaube, ich weiß auch, warum. Willi war in der Kirche, als wir das Krippenspiel probten, und da kam doch Herr Köster in Uniform, um Oliver abzuholen. Wahrscheinlich hat Willi es da mit der Angst bekommen, betrunken genug war er ja, und hat das Geld ganz schnell in die Kollekte getan. Später hat er versucht, es wiederzubekommen, das war der Einbruchsversuch in die Kirche, vermute ich. Für Otto müssen die letzten Tage fürchterlich gewesen sein, bei dem, was er getan hat. Und nun das."

Er blickte auf den Tannenbaum, hatte das Gefühl, Luft holen zu müssen, sah sich in der Weihnachtsstube um. Annette hatte stumm zugehört. Frank Falke sah die Kerzen am Baum, das Krippenspiel, das Annette liebevoll aufgestellt hatte, die Geschenke. Weihnachten, die heile Welt, schoß es ihm durch den Kopf. Und eben doch nicht. Das Böse machte nicht vor dem Heiligen Abend halt. Aber war Otto böse gewesen? Natürlich, ganz ohne Zweifel, ein Mord gehörte in die Sphäre des Bösen. Aber dennoch, zu spürbar war Ottos Not, seine Verzweiflung, um ihn ohne Widerrede als böse verdammen zu können. Am Ende hatte er seine Hilflosigkeit mit dem Leben bezahlt.

"Komm zu Bett."

Annette berührte seinen Arm, holte ihn aus seinen Gedanken.

"Wie? Nein, ich kann noch nicht. Leg du dich schon hin, ich komm nach."

Annette sah ihn ernst an, erhob sich, strich sanft über sein Haar. "Gute Nacht." Leise ging sie aus dem Zimmer.

Nein, er konnte wirklich noch nicht schlafen gehen, sich ins

Bett legen und so tun, als ob nichts geschehen sei. Morgen ist wieder Gottesdienst, fiel ihm ein. Nun gut, er würde sich die Predigt morgen früh noch einmal durchlesen. Er erhob sich, ging hinüber ins Büro der Kirchengemeinde. Plötzlich fiel ihm ein, daß er Otto Haßloch würde beerdigen müssen. Und Paul Haßloch. Vielleicht sogar beide zusammen in einem Trauergottesdienst, unwahrscheinlich war das nicht - er dachte an Oma Klara, es würde immerhin Kosten sparen. Und es war, so empfand er, nicht einmal ganz unpassend.
Er war jetzt im Büro, schaute sich um. Ja, der Küster hatte sich den Liederzettel für den morgigen Gottesdienst bereits geholt. Sein Blick fiel auf den Beutel mit der Kollekte des heutigen Gottesdienstes. Viel war es nicht, elf Mark dreiundzwanzig, es waren ja auch nur wenige Menschen in der Kirche gewesen. Unten im Safe lagen dagegen etliche Tausender, Ottos Geld wahrscheinlich. Schweigegeld. Frank Falke schüttelte den Kopf.
Er schloß die Tür, ging zurück ins Wohnzimmer. Unter dem Tannenbaum lag immer noch das Buch *Optische Täuschungen* von M. C. Escher, er nahm es in die Hand, setzte sich aufs Sofa, begann zu blättern. Ottos Geld, ging es ihm noch einmal durch den Kopf. Es hatte ihm nichts genützt. Warum, er stutzte plötzlich, hatte Otto das Geld nicht wieder an sich genommen, nachdem er seinen Bruder ermordet hatte? Das Portemonnaie hatte doch offen neben dem Toten gelegen. Nun, wahrscheinlich war das Geld da bereits gestohlen worden. Doch ... Frank Falke richtete sich auf dem Sofa auf ... wenn Willi das Geld zu dem Zeitpunkt bereits gestohlen hatte, mußte er es gestohlen haben, als Paul noch lebte. Andererseits, warum auch nicht, Paul war stockbetrunken gewesen in jener Nacht. Aber doch auch sehr wach, wie Frank Falke sich erinnerte. Nur mal angenommen, Willi hätte also das Geld bereits gestohlen, als Paul noch lebte, also irgendwann vor halb drei in der Nacht, war es dann wahrscheinlich, daß jemand wie Willi sich seelenruhig wieder schla-

fen legte, um dann am nächsten Morgen in heller Panik zu entfliehen? Frank Falke seufzte. Irgendwie ergab das alles keinen Sinn. Nein, wenn Willi das Geld gestohlen hatte, war anzunehmen, daß er sofort danach weglief. Verschwunden war er aber erst am nächsten Morgen, wie Heiner Langmaack berichtet hatte, und dann durchaus in heller Panik. Vielleicht aber auch nur, weil er den Toten gesehen hatte. Doch warum war er ins Wohnzimmer gegangen, wenn er das Geld schon hatte? Am wahrscheinlichsten war eben, daß Willi am frühen Morgen dem Toten das Geld entwendet hatte, um sofort danach wegzulaufen. Warum aber hatte dann Otto das Geld nicht genommen, nachdem er Paul ermordet hatte? Immerhin hatte er später verzweifelt versucht, es zurückzubekommen.
Frank Falke schaute aus dem Fenster, sah in die dunkle Nacht hinein. Seine Gedanken drehten sich im Kreis. Er sah den Mond, der in seinem Lauf schon weit fortgeschritten war, beängstigend groß hing er über dem Horizont. Sterne waren nur wenige zu sehen. Frank Falke wandte den Blick ab, schaute wieder auf sein Buch, versuchte die unsinnigen Gedanken abzuschütteln. Otto war tot, er hatte seine Tat bekannt, und manches von dem, was geschehen war, würde wohl für immer ein Rätsel bleiben.
Er blätterte im Buch. Eschers verrückt-geniale Zeichnungen faszinierten ihn. Eine in Unordnung geratene Welt, die doch vollkommen logisch zu sein schien. Da gab es eine Treppe, auf der man endlos nach oben oder nach unten spazieren konnte, einen Wasserfall, der in einem ewigen Kreislauf in das eigene Flußbett stürzte und von dort aus immer wieder den Wasserfall speiste, eine Schleife, Möbiusband genannt, auf der Ameisen auf und ab gingen, innen und außen, ohne einmal die Seite zu wechseln - halt, hier stimmte etwas nicht. Irgendwo in seinen Erinnerungen regte es sich. Das Möbiusband, Möbius, deutscher Mathematiker, nein, das hier war keine optische Täuschung. Nahm man ein einfaches Band, drehte es einmal um die

eigene Achse und klebte es dann an den Enden zusammen, entstand genau dieses Gebilde, ein Weg, der ohne Übergang von innen nach außen wechselte. Und noch etwas fiel ihm ein. Nahm man das Band und schnitt es der Länge nach auf, so war das Ergebnis wiederum nur ein einziges Band und nicht zwei Bänder, wie man erwartete. Frank Falke hatte nie ganz verstanden, wieso das so war, aber es war so, er hatte es als Jugendlicher einmal ausprobiert. Falke lächelte, erfreute sich seltsamerweise an dem Gedanken, den Herausgeber des Buches bei einem Fehler ertappt zu haben.

Er legte jetzt das Buch zur Seite, sah erneut aus dem Fenster. Weihnachtliche Stille umgab ihn. Stille - Frieden - Stille - zu still ... Er war in der Mordnacht wach geworden, weil es auf einmal still gewesen war ...

Plötzlich explodierten die Erkenntnisse geradezu in seinem Kopf. Genau, so war es. Es war zu still gewesen, deshalb war er aufgewacht. Und das bedeutete ... Eine Bemerkung von Jasmin fiel ihm ein. Er könnte sie noch einmal fragen, aber im Grunde genommen kannte er die Antwort schon. Und dann sah er noch einmal das Buch von M.C. Escher. Die verborgenen Türen in seinem Kopf schlossen sich jetzt auf. Er wußte nun, was es mit den Türen auf sich hatte. Optische Täuschungen, das Möbiusband, Täuschungen, Dinge, die nicht waren, was sie zu sein schienen, Rätsel, die keine Rätsel waren, natürlich. All das führte zu einem einzigen logischen Ergebnis.

Frank Falke stand erregt auf. Er wußte, wer Paul Haßloch ermordet hatte. Und ebenso plötzlich wußte er auch dies: was seine Aufgabe dabei war. Annettes Frage hatte ihre Antwort gefunden. Nur warum das alles geschehen war, das wußte er nicht. Morgen würde er es erfahren.

26. DEZEMBER, SAMSTAG

XXIX.

“Ich wollte nie, daß er geboren wird.”
Frank Falke sah sein Gegenüber an. Wie sieht jemand aus, der einen anderen ermordet? Und immerhin hatte es sich nicht um eine Tat im Affekt gehandelt, dessen war er sicher, sondern um ein lange geplantes Vorgehen. Dennoch, die Frage war unsinnig - und er wußte es.
“Ich verstehe Sie nicht ganz. Sie wollten nie ...”
“Wie sind Sie darauf gekommen?” unterbrach ihn Oma Klara. “Oder haben Sie nur geraten?”
“Nein.” Frank Falke schüttelte den Kopf. “Sie haben einen Fehler gemacht. Vielleicht sogar zwei Fehler. Der Fernseher und die Tür.”
“Der Fernseher und die Tür?” Klara Haßloch sah ihn verständnislos an. Sie saßen im Wohnzimmer, jenem Ort, an dem das schreckliche Geschehen seinen Lauf genommen hatte. In einer Ecke stand, mit einem Leinentuch überdeckt, der Sessel, in dem Paul gestorben war.
“Genau. Sie haben Paul ermordet, danach haben Sie den Fernseher ausgemacht. Davon bin ich nämlich wachgeworden, von der plötzlichen Stille, nachdem der Fernseher die ganze Zeit vorher gelaufen war.”
Vor wenigen Minuten war er hier angekommen, hatte die alte Frau Haßloch um ein Gespräch gebeten. Sie war heruntergekommen und hatte ihn in das Wohnzimmer geführt, als wüßte sie, weswegen er gekommen war. Und sie war ohne Krückstock gegangen, langsam zwar, aber doch sicher auf den Beinen. Er hatte bereits vermutet, daß sie auch ohne den Stock auskommen könnte, und fand nun seine Annahme bestätigt. Ein weiteres Puzzleteil, das sich einfügte. Nun saßen sie auf der Couchgarnitur, er selbst auf dem Sofa, Klara Haßloch kerzen-

gerade auf einem Ohrensessel, der allem Anschein einzig und allein für sie reserviert war. Kaum daß er sich gesetzt hatte, hatte er der alten Frau ins Gesicht gesagt, daß sie ihren Sohn ermordet hätte. Klara Haßloch hatte nur mit den Achseln gezuckt. Aber nun interessierte sie doch, wie er darauf gekommen war.
"Sie haben den Fernseher ausgemacht, obwohl es dafür gar keinen Grund gab, aber auch Sie konnten nicht aus ihrer Haut. Sie haben ein Leben lang gespart, vermute ich. Und als Paul nun tot war, da brauchte der Fernseher nicht mehr zu laufen. Deshalb haben Sie ihn ausgemacht, am Apparat, um Strom zu sparen, wie Sie es immer tun." Er zögerte. "Und zwar nur Sie", fügte er hinzu.
Für einen Augenblick wurde Oma Klaras Blick starr. "Und wenn es nicht so war?"
"Es war so. Der Fernseher war am nächsten Morgen ausgeschaltet, und zwar am Apparat. Ich habe es gesehen." Es stimmte nicht ganz. Jasmin war es aufgefallen, als sie einen Tag danach als erste wieder den Fernseher benutzte. Sie hatte es ihm erzählt. "Und es können nur Sie gewesen sein", fuhr er fort. "Willi hätte niemals an den Fernseher gedacht und Jasmin hätte ihn niemals ausgemacht. Ihre Tochter wäre nach solch einer Tat panisch davongelaufen, Ihr Sohn hätte anderes im Sinn gehabt, Rache vielleicht oder Genugtuung. Aber niemals den Fernseher. Nein, Sie waren es."
"Na und?"
Falke stutzte. Die Antwort verblüffte ihn. Er wußte nicht, was er erwartet hatte, aber eine solche Reaktion gewiß nicht. Was sollte er für Klara Haßloch empfinden? Haß, Zorn, Empörung oder Verständnis? Eine alte Frau, ein Oma, eine Mutter, die ihren eigenen Sohn ermordete und nach aller Planung dann über die Banalitäten ihrer Gewohnheiten stolperte, die auf ihre Entlarvung mit einem einfachen "Na und?" reagierte. Eine gefährliche Frau, ohne Zweifel, eine Frau zum Fürchten.
"Und die Türen? Was meinen Sie damit?"

Für einen kurzen Augenblick mußte er lachen. “Das Rätsel der Türen, ja. Jeder hat sich Gedanken gemacht, wie es geschehen sein kann. Dabei gibt es gar kein Rätsel der Türen, das wissen Sie genau. Als Jasmin an diesem Morgen durch Ihr - entschuldigen Sie - Geschrei wach wurde, steckten an allen Türen die Schlüssel von außen. Nur bei Ihnen nicht. Natürlich nicht, denn Sie hatten ja Ihre Tür auch von innen abgeschlossen, mit Ihrem eigenen Schlüssel.” Oder mit einem Nachschlüssel, dachte er. Edgar Allan Poe fiel ihm ein. Er hatte doch nicht recht. Es gab immerhin zwei Lösungen. Allerdings liefen sie auf dasselbe Ergebnis hinaus. “Und später haben Sie dann Ihren Schlüssel unter die Teppichkante vor Ihrer Tür gelegt. Niemand ist darauf gekommen. Denn Sie haben ja am lautesten geschrien, daß Sie eingeschlossen wären. Alle haben Ihnen geglaubt.”
“Sie haben mir immer geglaubt. 40 Jahre lang.” Die alte Frau lachte verächtlich. “Hasenfüße”, fügte sie abfällig hinzu, “alles Hasenfüße. Nicht einer mit Mumm in den Knochen.”
“Aber warum? Warum das alles?”
“Alle haben mir geglaubt, immer, sie sind zu schwach.” Die alte Frau richtete sich innerlich auf. “Paul hätte nie geboren werden dürfen. Aber ich konnte es nicht verhindern. Ich will es Ihnen erzählen. All das Herumgemache, all die Jahre. Das Theaterspielen. Doch jetzt ist Schluß.”
Sie sah Frank Falke an. Das ist meine Aufgabe, dachte er, die Aufgabe, nach der Annette so bohrend gefragt hat. Zuhören, nichts als zuhören. Nicht urteilen, nicht richten, nicht einmal die Beichte abnehmen und vergeben. Einfach nur zuhören. Jeder Mensch hat das Recht, daß seine Geschichte gehört wird.
“Paul ist nicht von Walter, meinem Mann, wissen Sie. Er ist Emils Sohn. Den kennen Sie nicht, dafür sind Sie noch zu jung. Emil leitete die Bank hier im Ort, die Raiffeisenbank, ja. Und dieser Hof hier”, Klara Haßloch deutete nach draußen, “den habe ich aufgebaut. Mit meinen Händen, jawohl. Aber es war nicht immer einfach. Wir brauchten einen Kredit, dringend,

und Emil wollte uns nichts geben. Da habe ich nachgeholfen. Wir haben den Kredit bekommen, aber ... ich hatte nicht damit gerechnet, ein Kind, ich war doch schon über vierzig. Paul sollte nie zur Welt kommen ... aber Emil wollte das nicht. Er drohte mir, alles öffentlich zu machen, den Kredit wegzunehmen und all das. Emil hatte keine Kinder, keine, wissen Sie. Und natürlich durfte das alles niemand wissen, Walter hätte es nie verkraftet, das Gerede und so. Jedenfalls kam Paul zur Welt. Emil wurde sogar Pate. Und ich saß da, durfte nichts tun. All die Jahre. Und Paul war schlecht, böse, von Anfang an. Dann hat er Emil überfallen, seinen eigenen Vater. Paul wußte das nicht, oder vielleicht doch, wer weiß. Emil starb kurz danach, und ich habe Paul vom Hof gejagt, endlich, keine Minute habe ich ihn noch geduldet, Schluß, aus. Niemand hat das gewußt damals, alle haben gedacht, er sei geflohen." Für eine Sekunde grinste sie. "Er war ja auch geflohen. Vor mir. Er war dumm, wie alle anderen. Niemand hat gewußt, was war. Ich habe es gewußt, immer." Sie blickte nach draußen, schwieg auf einmal.
"Und jetzt? Warum ist Paul wiedergekommen?"
"Warum?" Klara Haßloch lachte höhnisch. "Weil ich ihn eingeladen habe. Ich habe ihn gesucht, gesucht und gefunden. War nicht einfach, bis ich auf die Idee kam, bei den Gefängnissen nachzufragen. Dann ist er gekommen und war noch schlechter als früher."
"Und die Türen? Warum?"
Sie lachte erneut. "Eine Idee. Mir war danach. Es paßte so gut. Alles Hasenfüße, eingesperrt wie Kaninchen im Stall. Meine Kinder. Sie haben Angst vor mir, meine eigenen Kinder. Vor einer alten Frau. Lächerlich. Aber so war das immer. Da habe ich es einfach getan. So war´s."
"Und Otto?"
"Sie fragen zuviel."
"Und Otto?" bohrte er nach.
"Otto war dumm", erwiderte sie unwillig. "Er hat mich ge-

liebt." Sie zögerte. "Er hat herausbekommen, daß ich es getan habe. Nicht so wie Sie, mit Beweisen und so, doch er hat es gewußt. Weil Asmus ihm von dieser blöden Katze erzählen mußte, die ich erschlagen habe. Und da hat er das mit Paul auch gewußt. Er hat mit mir gesprochen, ob es mir leid tut mit Paul und so, aber was soll das? Es tut mir nicht leid. Warum habe ich es sonst getan? Aber Otto hat das einfach nicht ertragen, konnte nicht sehen, was Sache war. Er war schwach, wie sein Vater. Sentimental. Emil war übrigens auch so. Leider, ich hatte das nicht geahnt. Sonst hätte es Paul nie gegeben. Doch das ist vorbei."

Ein Gedanke kam ihm plötzlich. "Und der Hof, was wird aus dem Hof? All Ihr Mühen um diesen Hof - und jetzt? Sie haben keinen Erben mehr."

"Doch." Ihre Stimme war energisch. "O doch. Jasmin wird den Hof übernehmen. Sie ist stark, die anderen wissen es nicht, aber es ist so. Sie ist stärker als die anderen. In meiner Familie waren immer die Frauen die stärkeren. Nur Teresa nicht. Aber Jasmin. Jasmin wird es schon machen."

Frank Falke sah Klara Haßloch nachdenklich an. Noch immer verstand er nicht alles.

"Sie haben Paul hierhergebeten. Und dann haben Sie festgestellt, daß er immer noch - wie Sie sagen - schlecht ist. Und dann haben Sie beschlossen, ihn zu töten?"

"Nein." Schärfe lag plötzlich in ihrer Stimme. "Sie haben nicht verstanden. Ich habe ihn hierher geholt, damit er stirbt. Es wurde Zeit. Er hat viel zu lange gelebt. Es wurde jetzt Zeit. Wer sollte es tun, außer mir? Ich bin jetzt alt und ich bin krank. Sehr krank, ich werde nicht mehr lange leben. Es wurde Zeit. Ich habe ihn geholt und er hat gehorcht. Sie haben immer alle gehorcht."

"Aber dazu hatten Sie nicht das Recht", entfuhr es ihm.

"Junger Mann, Pastor hin oder her", die Schärfe in ihrer Stimme nahm zu, "ich bin seine Mutter. Ich habe ihm das Leben gegeben und ich habe es ihm wieder genommen. Nicht das Recht. Ich habe gegeben, ich habe genommen. Es war mein Recht. Mein Recht. Und nun gehen Sie. Lassen Sie mich allein. Gehen Sie!"

Frank Falke schaute sie an, erhob sich zögernd, ging langsam zur Tür.

"Gehen Sie!" Plötzlich fing sie an zu lachen.

Minuten später saß Frank Falke in seinem Auto. Der Hof lag hinter ihm. Noch immer hörte er das Lachen dieser Frau. Er hörte es, als er das Pastorat erreichte. Er hörte es, als er Klara Haßloch beerdigte, die sechs Wochen später starb, ohne jemals ein Gefängnis von innen gesehen zu haben.

ENDE

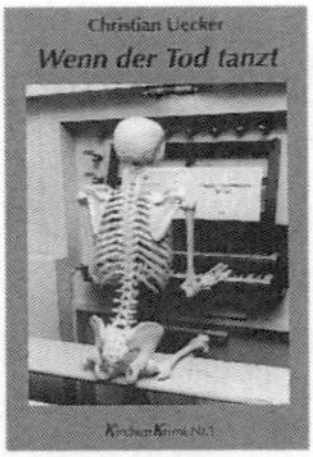

KIRCHEN-KRIMI

*"Die Renovierung der altersschwachen Kirchenorgel in der 1400 Seelen zählenden Gemeinde Klein Wesenberg bei Lübeck sollte 200 000 Mark kosten - unbezahlbar für die Gemeinde. Doch ihr barmherziger Hirte sprach: »Ich schreibe euch einen Kirchen-Krimi und spende mein Honorar.« Und siehe, der Herr war mit ihnen: Pastor Christian Uecker, 40, schrieb seinen ersten Krimi: **WENN DER TOD TANZT** (ISBN 3-87503-058-3). Darin kommt sein kombinationsstarkes Alter ego, Pastor Frank Falke, zwei mysteriösen Mordfällen auf die Spur. Die gottesfürchtige Detektivarbeit des Nachfahren von Gilbert K. Chestertons unsterblichem Pater Brown, der da unversehens aus der norddeutschen Tiefebene auftaucht, fand immerhin 17000 Käufer...**KRIMI GUT, ALLES GUT**."*

(SPIEGEL special Bücher 1996)

Auf authentischen Hexenakten basiert Ueckers zweiter Krimi ***WER EINMAL BRENNT***. Faszinierend ist die Verbindung von historischen Ereignissen und fiktiver Romanhandlung *(ISBN 3-87503-064-8)*.

Ein kirchlicher Karrierist stirbt beim Kirchentag. Ueckers dritter Kriminalroman ***GUT-BESSER-TOT*** bietet viel Hintergrundwissen über die Deutschen Evangelischen Kirchentage *(ISBN 3-87503-065-6)*.

Ob durch Gedanken zum »Mordfall« Kain & Abel oder durch eine Parabel: Peter Spangenberg löst in seinem Krimi ***DER LACHS TANZT BLUES*** die Mordserie im Seniorenheim »Wackerheide« auf höchst unorthodoxe Weise *(ISBN 3-87503-078-8)*.

Ein alter Fluch zeigt tödliche Wirkung. Doch sein letztes Opfer lehnt sich gegen das Schicksal auf... ***WER FLUCHT FÜR ALLE EWIGKEIT*** von Christian Uecker: über die »dunkle Seite Gottes« - ebenso spannend wie nachdenklich *(ISBN 3-8048-4436-7)*.